狩りを行いたい君に、一つアドバイスだ。
獲物の姿が曖昧《あいまい》なのに、適当に銃を撃つことだけはやめておけ。

何故《なぜ》なら、君が余裕綽々《しゃくしゃく》で狙いを定めている〝獲物〟は、実は銃弾など問題に
熊のような頑丈さを持ち、黒豹より素早く、キングコブラのような毒を持ち、コ
のように執念深く、人間のように悪賢いというとんでもない怪物なのかもしれな

登場人物

赤神《あかがみ》楼樹《ろうき》――主人公。私立白鳳堂《はくほうどう》高校二年生。学校では何をやってもパッとしない少年。

貴島《きしま》あやな――赤神のクラスメイト。赤神とは小さい頃からの幼馴染。

深山《みやま》・パトリシア・葉瑠《ハル》――赤神のクラスメイト。日米ハーフ。校内トップレベルの美少女。

矢崎《やざき》一平《いっぺい》――赤神のクラスメイト。成績優秀、スポーツ万能、完全無欠の美男子。

横見《よこみ》と館山《たてやま》――赤神のクラスメイト。常にコンビを組んで行動する親友同士。

村上《むらかみ》先生――赤神のクラスの担任。

ミスター――〝人狩り《マン・ハンティング》〟を娯楽として提供するハンティングクラブの会長。

ポイズン・ウィドー――ミスターが雇う〝娯楽提供者《エンターテイナー》〟。ガスマスクを着用し、毒物を駆使する。

ハリウッド・スター――ミスターが雇う〝娯楽提供者《エンターテイナー》〟。ホッケーマスクの殺人鬼《シリアルキラー》。

ロビン・フッド――ミスターが雇う〝娯楽提供者《エンターテイナー》〟。弓の名手。

プロローグ　狩人

遠い昔――そして、今も。人は狩猟によって動物を狩り、肉を食らって血を飲み、生きている。どんなに手段が変わっても人が食料としての肉を求める以上、それには変わりない。畜産とて、狩猟の一形態に過ぎない。

一方で、狩猟はスポーツとしての側面も持つ。銃を手に取り、弓に矢を番《つが》え、獲物に狙《ねら》いを定め――放《はな》つ。

人間と獲物の、究極の知恵比べ。それは素晴らしく、崇高なものだ。

獲物が命を狙われていると知り、必死に逃げる姿はどうにも胸を打つ。それが頭の良い生物であるなら尚更《なおさら》だ。

誰かが考えた――人間が狩猟する究極の生物は、やはり同じ種ではないだろうかと。

誰かが諌《いさ》めた――それは、倫理的に許されないことだと。

誰かが推《お》した――自分たちには権力があり、財力があり、暴力もある。許、さ、れ、な、い、は、ず、はない。何故《なぜ》？　自分たちがこの地位に上り詰めるために、どれだけの苦労をしたか分かっているはずだ。この程度の娯楽は許されるべきだ。

　そして、誰かが結論を出した。

「クラブを作ろう。そこでは倫理や神の教えなど、一切口に出してはならない。ただただ、人狩りを許容できる者だけが入会できるクラブだ。我々は場所と、必要な人員と、獲物を確保する。入会した者はそれに対して金銭を支払ってもらう。記録するもよし、貪《むさぼ》るもよし、あらゆる禁忌《きんき》をそこで解き放とう」

「しかし――それは、あまりに人の道から」

「外れている？　かつて、偉大なる神は堕落した人間をまとめて滅ぼすために大地を水に沈めた。この地上には人間が溢《あふ》れ返っている、異教徒も溢れ返っている。我々は彼らを一人でも多く地獄に突き落とす努力をせねばならない。一人殺すごとに我々は救われる」

「汝《なんじ》、殺すなかれ――その教えは、どうやらもう古いらしい」

「よろしい。私も手を貸そう」

　これは、もう百年も前の話。――たまたま力を持っていた彼らは、〝クラブ〟を作ることを決断した。人を狩る《マンハント》を目的とするクラブを。

§　§　§

――わたし、守岡唯子《もりおかゆいこ》は走ることが何よりも好きだった。

子供の頃から、ずっとそうだった。大地を踏み締《し》め、自分の体を前に押し出す――とてつもない速さで走っていると自覚していた。それは、自分を追い抜こうとして懸命な男の子たちを見て分かった。

どうしてわたしと一緒に走らないんだろう？　子供の頃は、よくそんなことを考えた。今、思い返すと笑ってしまうような思い出だ。誰もわたしに追いつけない――当たり前だ。

息が切れそうになる、零《こぼ》れる涙を拭《ぬぐ》う暇もない、走る走る走る走る。ただ走る。声を出そうとしても掠《かす》れて訳の分からない言葉が浮かび上がるだけ。

わたしを、〝宝石〟のようだと顧問の先生が言った。ダイヤモンドのフローレス、世界でもっとも美しい石。君は誇りだと、校長先生が言った――大会に出て優勝したときの話。

担任の先生も、クラスメイトも、皆がわたしを褒《ほ》めそやす。チーターと呼ばれても、悪い気は全然しなかった。クラスメイトのあやなちゃんは、見ているこちらが和《なご》む笑顔を見せながら、ぺたぺたとわたしの脚に触っていた。

「ご利益《りやく》あるかな？」わりと本気の口調でそう言った彼女の頭を、幼馴染《おさななじみ》の男子が呆《あき》れたように溜息《ためいき》をつきながら、軽くチョップしていた。そういえば、その男子は以前一度、わたしに勝負を挑んだっけ。

結果はもちろんわたしの勝ち。当たり前といえば当たり前なんだけど、彼は一瞬世界が終わったかのような絶望的な表情を浮かべたのが、妙に印象に残っている。それを妙に真剣な様子で慰《なぐさ》める幼馴染の女の子も……我が校で一番微笑《ほほえ》ましいカップルだったな、あれは。

曲がる、曲がる、強引に曲がる――脚に負担がかかる、普段はこんなことしちゃいけない。でも仕方ない。今はひたすら走らなきゃ走らなきゃ走らなきゃ走らなきゃ。

わたしには〝走る才能〟があった。その才能を磨く喜びは、確かに宝石を研磨するそれに似ていたと思う。もちろん、練習が苦しかったことはある。今でも練習は嫌い……そう思う。でも、大会で優勝したときの喜び、走り出した瞬間の喜び、走り抜いたときの喜びは何物にも代え難い快感だった。だから、練習は苦しくて嫌いでも……最後に残る充実感のために、喜んで走り続けた。

転んだ、転んでしまった。思わず悲鳴をあげる。後ろからなんだか妙な歓声が聞こえる。嫌《いや》だ、嫌だ、誰か助けて、ああ、助けを呼びに走らなきゃ……！

好きな男の子もいた。矢崎一平《やざきいっぺい》君──同じクラスになったときは、一晩中興奮してしまって眠れなかった。もちろん顔は格好良い、だけどそれだけじゃなくて頭も良い、さらにさらに運動神経も抜群で──何より、優しい。

可愛《かわい》い子に優しくてそうじゃない子には冷たいとか、そういうのじゃなくて……もっと根本的に、優しかった。下心のない優しさ……すごい！

彼のたった一つ許せないところをあげるとすれば、深山葉瑠《みやまハル》にご執心《しゅうしん》ということだ。嫌だなぁ、あんな完璧《かんぺき》な女の子を好きになってどうするんだよぅ。唯一の救いは、深山さんが矢崎くんと正式におつきあいしている訳じゃないという一点。

矢崎君に会いたい今すぐ会いたい会って怖いよ怖いよって抱きつきたいそうして大丈夫もう怖くないよって言ってもらって優しくキスをされたい。

走ることしかとりえがないわたしでも、この修学旅行という特別なイベントで……頑張って一緒に行動できれば、もしかしてなんて思っていたりして——うふふふ。

あれおかしいな足が動かないどうして足が動かないのダメだよこれはわたしの〝宝石〟なんだから大切なわたしの足が脚があしが。

目覚めて、混乱して、怯《おび》えて、泣いて、説明を受けて、蹴《け》り飛ばされて、目の前で友達だった女の子が頭を撃ち抜かれて死んでしまって、そして——わたしは、走り出していた。「あー、あー、あー!」痛い、すごく痛い、これは痛い、足が攣《つ》っちゃったみたいだ。触るとべとべとした、犬の涎《よだれ》みたいなものがくっついちゃった。ああでも犬の涎ってこんなに生温かくて臭《くさ》くて赤いものだっけ。

……っていうか、足がない。

それじゃあ走れない。当たり前じゃん。馬鹿だなぁ、わたしってば! ねえねえ、そう思わない、外国の人?

外国の人、なんかわたしを笑ってる。失礼な。人の顔を見て笑うなんて——矢崎《やざき》君は、そんなことしないんだぞ？

　目の前に、すごく大きな包丁みたいなものが迫ってくる。だめだよ、あぶないよ、人にそんなものを向けちゃだめだよ。ああもう、やだなあこの夢。ゆめ、ゆめ、ゆめから早く覚めたい。きっと、現実では足が攣《つ》ってるだけ。旅行先だから緊張でそうなっちゃっただけ。早く起きないと、足が痛くて痛くて仕方ない。

　そんなことを考えているうちに大きな包丁っぽいものの刃が、わたしの首に食い込んだ。なんか、ひやっとした感じ。次いで、すぐに苦しくなって、咳《せ》き込もうとしたらもっと苦しくなって、足が動かないことなんて、どうでもよくなって。

「よくやった、ジャック！　これでお前も一人前のハンターだ」

「ありがとう、叔父さん！　ちょっと君！　写真を撮ってくれないか？」

「せっかくだ。〝トロフィー〟を真ん中にして撮ろう」

「トロフィーちゃんを綺麗《きれい》に撮ってくれよ？」笑う……どっと笑う。違う、笑われている。よく分からないけど、分からないなりに一つ疑問がある。

――トロフィーって何よ?

そんな言葉が、頭に浮かんだ。

そのときすでに、守岡唯子《もりおかゆいこ》という存在は、なんだかぱっと消えてしまっていた。

第一章　虜囚

誰もがこう言った。

両親が、教師が、友人が、偉人が、にこやかな笑顔で、あるいは誇らしげな顔つきで——こう言うのだ。


——誰にだって〝才能〟はあるよ。

——俺はこれだけが〝とりえ〟なんだ。

——私はこれだけは、誰にも負けたくないの。

——やるべきだと思ったことを、ただやり続けただけ。


才能——それは人間ならば、誰もが持つ生命の輝きみたいなものなのだと思う。

運動、学問、芸術——。

もっと細かく分けたっていい。野球、サッカー、バスケットボール、文学、数学、科学、音

楽、絵画、書道、料理、弁舌、分析………。

人は一人一人が、そういう才能を持っている。それに気付くか気付けないかで、人生は劇的に変わると思う。


そしてもちろん、才能の格差はある。

たとえば同じ野球の才能を持っていたとしても、プロになれるほどの素質を持った人間と、いくら頑張ってもアマチュア止まりみたいな人間は決定的に何かが異なる。

努力することすら、一種の才能だろう。

上手に努力する。あるいは力量を高めるために、想像を絶する困難に耐え抜く。


才能を探さない、あるいは探せない人間もいる。

本当は運動の方が得意なのに、何かの都合で学問を押し付けられる人間もいるだろう。芸術的才能があっても、様々な障害のせいで不遇に終わる人間もいるだろう。それでも地球に存在する全ての人々は、それなりの〝何か〟を持って生まれてきている。

僕——赤神楼樹《あかがみろうき》はそう信じていた。

赤神楼樹《ぼく》は運動、学問、芸術全てにおいてどうにも平凡な人間だった。平凡であるということ自体は構わない。ただ、ずっと恐れていたもの――仄《ほの》かな不安が中学生になってから少しずつ大きくなりだしていた。

有体《ありてい》に言ってしまえば、それは「才能の欠落」だった。

運動が得意な訳ではなく、好きでもない。

学問が得意な訳ではなく、好きでもない。

芸術も同じ。その他あらゆる方面で僕には才能と呼べるものがなかった。

劣っている訳ではなく、優れている訳でもない。常にその場の平均値として成立し、埋没する。それが僕が今まで生きてきた人生だった。だから、何かに熱中することもなく、好きなものも嫌いなものも断言することはできなかった。

何かが足りない、そしてその何かが分からない――それは自分探しに似ていたけれど、僕にとっては本当に切実な悩みだったのだ。それが見つからない限り――楽しいことも、楽しめなかった。

努力も一種の才能、というのであればやはりそれも見当たらない。それに僕は、心のどこかでいつもこう考えていた。

——これじゃない。


そう、何をやるにしても心のどこかで常にそんな絶叫がこだましていた。歯車がちっとも噛《か》み合っていない。ぎちぎちと音を立てて、全身が鈍い痛みに包まれているようだった。

自分の才能が分からない——子供の頃から、それは心の奥底でずっとずっと秘められていた恐怖だった。英雄になりたい訳じゃない、選ばれたエリートなんかになりたい訳じゃない、ただ——欲しかった。胸を張って「これが僕だ」と言える何かが欲しかった。

それは、思春期特有の飢餓《きが》感だったのかもしれない。自分には〝何かあるはず〟という、どうしようもない夢だったのかもしれない。だから、僕はたった一人を除いて誰にも——親にも、姉にも、教師にも、この悩みを吐露《とろ》したことはなかった。

この悩みを知っているのは、両親でもなければ姉でもない、幼馴染《おさななじみ》の女の子だった。馬鹿馬鹿しい、とさえ思えるこの下らない悩みを真剣な表情で聞いてくれた彼女は、僕に断言した。

「いつか見つかるよ。楼樹《ろうき》くんは、すごい男の子だから。きっと、絶対に見つかる」

中学生だった彼女はそう言って笑った。屈託もなく、柔らかい笑顔で僕の手を握り締める。

彼女の才能を、僕はとうに知っていた。人の心を温かくさせる才能、誰からも好かれ、誰からも愛される……そういう才能だ。

温かい手で握り締められるのは、とても恥ずかしく——とても、嬉《うれ》しかった。

「一緒に探そう、楼樹くん。何でも挑戦してみよう」

僕はどうにも照れくさく、俯《うつむ》き加減に頷《うなず》いて「ありがとう」と言った。

§　§　§

ぎゅるぎゅると音がする。まるで氾濫《はんらん》した川の傍《そば》にいるみたいな轟音《ごうおん》だ。ああ、これは――きっと血液の流れる音なんだろうな、そうぼんやりと考えた。ぼんやり……意識が、薄れて掠《かす》れて仕方がない。赤神楼樹《ぼく》は夢と現実の境界線をいったりきたり、ふらふらとさまよっている。

目を覚まさなければならないのに、どうにも目が開かない。こんな事態は、中学のとき徹夜で受験勉強をして以来かもしれない。

心持ち、精神を集中させる――起床しなければならない――だが、それを阻害する物質がある。血液と一緒に、何か本来あってはならない異物が入り込んでいる――それが、僕の意識を胡乱《うろん》にさせている。そうだ、これは麻酔薬だ。だから肉体のコントロールが効かないのだ。

——危険だ。とてつもない緊急事態だ。急いで意識を覚醒《かくせい》させなければならない。さあ、早く起きろ！　起きろ！　起きろ！

そう認識した瞬間、あらゆる肉体部位が活性化した。脳が作り出した新たなサイロトロピンが甲状腺《こうじょうせん》を刺激し、麻酔薬の効果を打ち消していく。

うっすらと瞼《まぶた》を開く。おぼろげだった意識は数秒で鮮明になった。

「……っ」

微《かす》かに呻《うめ》く。脳に金属板を差し込まれたような頭痛がした。首筋がひんやりと冷えている。現状がまったく分からず多少の混乱をきたす。そのくせ、周囲の総毛立つようなおぞましい雰囲気は感じ取っていた。

——何かが起きようとしている。今までずっと沈黙を保っていた何かが、周囲の状況のせいで、不承不承《ふしょうぶしょう》動こうとしている。

「動くなよ、やめろよ」

そう声をかける。〝輪《リング》〟と〝鎖《チエーン》〟でぐるぐると縛られた何かは、恨めしそうに僕を見るだけだ。

――起こせよ、僕を。

――分かっているだろう？　今は、お互いに意地を張り合っている場合じゃない。

――僕を起こして、この状況をどうにかしろ。

――お前は、この状況を理解している。第六感が、先ほどから際限なく警報《アラート》を鳴らし続けている。分かっているんだろう？

僕は、これを起こさなければならないんだろう。

でも、どこかで躊躇《ためら》っていた。こいつを起こすということは、それはつまり――。

――いいから起こせ。彼女が待っているんだから。

その言葉に、僕は硬直した。そうだ、そうだよ。あやなが待っている。あやなが待っているんだ。僕は、その何かに飛びつき、ひたすら揺さぶった。

おい、起きろ……起きろ。頼むから起きてくれ！

「…………ああ、分かっている。今、起きる」

聞き慣れたような、そうでないような声。目が合う。驚愕《きょうがく》で息が詰まる。

起きた何かは、鏡の中の僕だった。起こした僕が、僕だったのか？　それとも、起きた僕が、僕だったのか？

あるいは、両方が僕だったのかもしれない。内心での葛藤《かっとう》、強いまでの拒絶の高度なビジュアライズだったのかもしれなかった。

だが、それももう終わり。

僕は〝何か〟の存在を認め、それを肉体に受け入れた。まるで大きな湖に野蛮な時代の怪物を引きずり込む行為にも似ていた。怪物はしばらくもがいていたけれど、そのうちに気泡が儚《はかな》く消え失せ、残ったのはただ冷ややかな水面だけだ。

怪物は溶けて、あとには僕が残った。

さあ、状況把握を開始しよう。

僕がやるべきことは、僕が考えるべきことは、山ほどあるのだから。

耳に響くのは、金属と金属が擦《こす》れ合うキィキィという音と鼻歌……誰かが僕のそばにいる。どちらの音も不快極まりない。視覚の情報はどうにも乏しかった、薄暗い場所……だと思う。

僕は沈黙していた。鼻歌を歌っている存在に、「何があったんですか？」などと聞くこともなかったし、じたばたと暴れようという気にもならなかった。

奇妙なまでに嫌《いや》な予感が全身を走り抜けている。目の前に〝死〟という大きな口を持った怪物がいて、そいつが獰猛《どうもう》な笑みを浮かべながら待ち構えている……そんな気がした。うん、確かにこの状況は何かが異様だった。背中に当たっているのは冷たく、硬く、ただ寝かせられればいいというものの感触だった。

わずかに鼻につくのは、アルコールか何かの臭《にお》いだろうか。病院？　しかし、それにしては――それにしては、何かが変だ。記憶がないのは問題ない、事故の直後だったとしたら記憶がなくて当然だろう。だが、うっすらと……部屋が見える。薄汚く、そして血みどろの部屋。どう考えたって病院の清潔感とは程遠い。

不思議なことに、僕は恐怖を感じてはいなかった。ただ、「こういう状況なんだ」という情報だけが脳に刻まれ、どうやってこの状態から抜け出すかだけを考え続けていた。

不必要なもの――たとえばどうやってこうなったのか、あるいはなぜこうなったのか、そういう情報や疑問は一切カットした。今は、この状況を脱出することに全力を費やすべき――脳はそう判断した。

ほんの少し、両腕をゆっくりと動かした。だが、動かせない――気付いた。両腕がベルトみたいなもので縛られている。

両足――同じだ。足首部分で固定されているらしい。

捕縛されている。

あらゆる情報を整理すると、それしか考えられなかった。少なくとも、何かの治療手術ではない。病院はこれほど薄暗くはないだろうし、清潔感がまるでない。

がちゃり、と重たそうなドアの開く音——目はうっすらと開いたまま、情報を少しでも取得しようとする。

どうやら、部屋に誰かもう一人入ってきたらしい。

うっすらと見える男——首を微《かす》かに傾ける、シュボッという音と共に煙草の香りが部屋に漂い始めた——火を借りに来たらしい。

「——こいつで最後か?」

「——いや、最後のグループの一人目だ」

会話が英語だ。英語をもっと勉強しておくんだった、という呑気《のんき》な考えがこの状況で思い浮かぶ。ともあれ、依然として懸念すべき状況であるということは疑いようがない。

やってきた男が、英語でさよならを言って立ち去った——。瞬間、男の意識がこちらに向けられるのが感じられ、慌てて目を閉じた。

こつ、こつ、こつ。近付くにつれて、血の臭《にお》いが如実に感じられ始めた。悪意が、僕の脳に

染み込んで警告《アラート》を繰り返している。

死ぬぞ、死ぬぞ、死ぬぞ、死ぬぞ、死ぬぞ！

――思考が凄《すさ》まじい勢いで疾走する。

――全身を流れる血液の熱さすら感じ取れる。

――力を込める、襲いかかるための力が必要だから。

革製のベルトは、頑丈だったがサイズが合っていないらしく微妙に緩《ゆる》んでいる。これに賭《か》けるしかない――僕はそう判断した。

こつ、こつ、こつ――奇妙なことに、僕はこれから先、自分が何をやるのか理解している、にもかかわらず、まったくもって平静だった。恐怖に怯《おび》えることもなく、狂気に嗤《わら》う訳でもなく、ただ――静かにそれを受け入れた。

こつ、こつ、こ――足音が、停止した。血の臭い、微かな音、自分の近くに誰かがいるという気配…………今だ！

目を開くのとほぼ同時に両腕を勢いよく引いた。多少の抵抗があったが、引っかかった手首を折り曲げてどうにか拘束から逃れた。上半身を勢いよく起こすと、驚愕《きょうがく》している男と目が合った。

痩《や》せぎすの、神経質そうな男は亜麻色《あまいろ》の髪をした外国人だった。痩《こ》けた頰《ほお》に理知的に見えるがどこかギラついた瞳《ひとみ》、道端で出くわしたら絶対に近寄りたくない類《たぐ》いの男。

「……あ？」

反応はそれだけ。起きるはずのない人間が起き上がると、やはり映画と同じような反応になるのだな、などと薄ぼんやりと考えた。

血染めのエプロンと手に持ったメスから判断して、彼は殺さ、、、なくてはならな、ない、存在、だ、、と僕は、、、認識した。男の腕を押さえて、喉《のど》を締め付ける。

「ぎっ!?　が、ぐ……あ、く……？」

視線が合った。恐怖と混乱で激しく瞳孔《どうこう》が動いている。声を出させないように、渾身《こんしん》の力を込めて締め上げた。幻聴かもしれないが、僕の心臓の鼓動が聞こえた——不思議なことに、まるで変わらない。トクントクントクン——なんて落ち着いた、静かな音なんだろう。

さらに無言で締め上げる、男の眼球は今にも飛び出しそうだ。恐怖、混乱、憎悪——ミックスされた感情が、肉体を操って暴れさせる。僕は彼の体を引いたり押したりしてコントロールしながら、さらに締め上げ続けた。

やがて男の体がぐったりとなり、僕の腕に体重がかかるようになったあたりで手を離した。男はずるずると床に倒れこんだ。

　両足を締め付けていたベルトを外し、周囲の様子を窺《うかが》う。あまりに粗末で不衛生な部屋には僕以外の人間は存在しなかった。

……男だったものは虚空《こくう》をただ呆然《ぼうぜん》と見据えているだけ。どうやら僕は、人を殺してしまったらしい。殺したことに、奇妙な感覚があった——喪失感ではない、むしろ逆だった。だが、それ以上深く考えると恐ろしい結論に達しそうだったので、やめた。

仕方なかったんだ——そう思い込む。

上半身が裸であることに気付いた。あたりを探すと、僕の制服とシャツが乱雑に放り出されていた。それを着て、男の手からメスを奪い取った。

——そうして、僕は一時的にせよ状況を考える余裕ができた。

何故《なぜ》自分はここにいるのか？

何故こんな状況に陥っているのか？

あまりにも大きな謎《なぞ》のせいで、これから先の行動にも影響が出ると判断した。音は聞こえず、先ほどの男が来る気配もない。扉の陰に潜みつつ、僕はわずかばかりの思考を己に許すことにした――。

§　§　§

修学旅行先が、ヨーロッパと聞いたときは皆喜んだものだが、それが東欧の聞いたこともない小国――レントブロア共和国だと聞いたときは、私立白鳳堂《はくほうどう》高校二年の全生徒が戸惑ったものだった。

特にイタリアやフランスに行けるものと思い込んでいた生徒からは不満の声がだらだらと垂れ流されたものだ。

この国が選ばれたのには様々な理由がある。

まず、我が白鳳市がレントブロア共和国の首都と姉妹都市として提携を結んだこと、その交流に尽力した人間の一人が二年の担任で修学旅行の担当だったこと、保護者からイタリアやフランスは観光が目的に思えて教育によろしくないとクレームがついたこと――つまりは、そういう大人と社会の事情が複雑怪奇に絡まりあったためであり、肝心の僕たちの意見はなんら反映されていなかった。

もっとも、じゃあ生徒たちの方はどうかというと保護者のクレーム通り「観光したい」だけだったので、ぐうの音も出ないという有様だった。

僕は、その争いにはまったく興味はなかった。ただ、聞いたこともない国ならかえって面白いかもしれない……そうは思った。僕の意見も決して少数派ではないらしく、クラスメイトの何人かは、レントブロア共和国のガイドブックを購入していろいろと調べ始めていた。

「ねーねー、楼樹《ろうき》くん楼樹くん。レントブロアってね、十年前くらいに、やっとの思いで独立したんだって〜」

隣の席で、先ほどから熱心にガイドブックを眺めていた貴島《きしま》あやなが笑顔で本を指さした。

覗《のぞ》き込むまでもなく、歴史くらいは僕も知っているさ……ついさっき、情報室のパソコンで検索して調べたところだけど。

レントブロア共和国は二十年ほど前、某大国の政変を機として世界に向けて独立を宣言。十年以上の独立戦争を経て、ようやく共和国として成立した。だから今でも一部の街では爆撃で破壊されたビルの瓦礫《がれき》が積み上がり、銃弾の痕《あと》も生々しいとか。

「すごいよねぇ、頑張ったんだねぇ」

のほほん、という感じであやなは呟《つぶや》いた。

「頑張ったのはいいけどさ……。何も、修学旅行の場所に選ばなくても——とは思うなぁ」

「そうかなぁ」

栗色の髪の毛はやたらと長く、それがあやなのトレードマークのようなものだったが、つい数日前にバッサリとセミロングにまで切ってしまっていた。理由は分からないが、おばさん――あやなのお母さんがにこにこしながら「あの子ったら、ガムを嚙《か》んだままねぇ……」と言ったのを涙目のあやなが口を塞《ふさ》いだあたりで見当はついている。ガムを嚙んだまま眠って、朝起きたら髪の毛に絡んで大惨事というやつだ。小学生かお前は、とツッコんでやりたいがツッコむとぶぅぶぅと不貞腐《ふてくさ》れるので放置放置。

……それに、結構似合っていると思うし。

僕は彼女の髪飾りを見ながら、何となくニマニマした。あれは僕のプレゼントだ。いや、今年は苦労した甲斐があった。いい加減、誕生日の贈り物が大きな動物のぬいぐるみというのもワンパターン過ぎた、というのもあるのだが（彼女のベッドの半分を占めるぬいぐるみは、ほぼ全部僕と姉からの贈り物だ）。

「うん？　楼樹くん、どうしたの？」

「んー……いや。その髪飾り、ちゃんとつけてくれてるんだなって」

「えへへ、お姉さんと楼樹くんからのプレゼントだし」

「お金だけでも、出した甲斐があったかな」

……と嘘《うそ》をついておく。実は、このプレゼントに姉さんは関わっていない。店に行って選んだのは僕だし、お金も僕が全部払っていた。いざ渡す段になって、なんか急に恥ずかしくなって姉に頼んで、共同プレゼントという形にしてもらったのだ。

そういえば姉に共同にしてくれるように頼んだとき、こう言っていたっけ。

——ふうん。遂に、ようやく、その年にしてか。こりゃ先は長いわ。


何だか、姉の言うことはいつも曖昧《あいまい》で迂遠《うえん》な気がする。

それはともかくとして、来年のプレゼントは……どうするべきなんだろうな。今さらぬいぐるみって訳にはいかないよな……たぶん、何となくだけどそう思う。

「似合ってる？」

屈託なく問い掛けるあやな……思考を中止する。

——似合ってる。

そう言おうとしただけで、何だか無性に照れくさくなって「あー、そうかな」と適当な返事でごまかした。あやながちょっとだけ、むー、という感じで眉《まゆ》をつり上げた。

貴島《きしま》あやなとは、幼稚園時代から始まって小学校、中学校、さらには高校まで一緒だ。普通に考えて、腐れ縁……あるいは幼馴染《おさななじみ》といえる間柄だと思う。だからといって、何かがある訳じゃない。ただ、ふと隣を見ると、何となく彼女はいつもそこにいた。

そう言うと大抵は羨《うらや》ましがられる。まあ、理由は分からなくもない。自分もちょっと恵まれている、などと思うことはある。でも……ただそれだけだ。何かがあった、という訳じゃない。ただ淡々と、日常を過ごしていた結果がこれだった。

佐竹《さたけ》君だっけ。「貴島の近くにいると、すっげえ癒《いや》される。ほら、昔流行《はや》ったマイナスイオン効果ってやつ?」って言ってたのは。

それが正しいとなると、幼い頃から彼女のそばで生きてきた僕は、きっと癒されすぎてそこ以外では生存できないのかもしれない。

「……あれ。そういえば何の話してたんだっけ?」。あやながきょとんとして問い掛ける。

「レントブロアが、危険かもしれないって話だよ」

「危険って、何が?」

きょとんとした表情のあやなは、たぶん世界中どこでも日本と同じく水と安全はタダなんて考えているんじゃないかなぁ、などと思う。

まあ、確かに彼女の言う通りではある。

「独立してまだたった十年だろ。いろいろあるんじゃないか?」

「危険じゃないよ〜。ほら、ちゃんとここに治安もいいって書いてあるし」

ガイドブックの言葉を、果たして鵜呑《うの》みにしていいものかどうか——。

「安全よ」

僕とあやなは突然放り投げられた声の方へと顔を向けた。あやなの顔がぱっと喜びと期待に輝き、両手に持っていたガイドブックをパタパタさせながら言った。

「葉瑠《ハル》ちゃん、行ったことあるの？　ね、ね、どんな国？」

深山《みやま》・パトリシア・葉瑠――日米のハーフ、本人はパトリシアという名前を非常に嫌《いや》がっているので、彼女はあくまで〝葉瑠〟だ――が、二つ結びの髪を指でいじりながら大きく頷《うなず》いた。

「パパに連れられて一度行ったことがあるの。首都のミルベラートは落ち着いたいい感じの都市だったわよ？　公用語が英語だから、意思疎通《いしそつう》も比較的簡単だしね」

「それはこのクラスでは、葉瑠ちゃんと楼樹《ろうき》くんだけだと思うなぁ」

あやなの反論に深山さんは軽く肩を竦《すく》める。

「知らないわよ。世界的に日本語より英語を喋《しゃべ》れる人の方が多いんだから、学ばない日本人が悪いわ。ねえ、赤神《あかがみ》くん？」

「学んでいるんだけどね、一応」苦笑しながら言うと、彼女ははーんという顔で肩を竦《すく》めた。

「授業で適当に英語をやっただけで、身につくはずないでしょ。日本人が全員英語を喋れることになっちゃうじゃないの」まあ、それは同意見。

ちなみに僕が英語をある程度喋られるのは、姉の英会話レッスンに長期間付き合わされたたからである。

「勉強になるからいいじゃないの」姉の言い分は両親も納得し、僕も強制的に英語を学ばされ……ある程度なら会話できる。

「んー……そっか。じゃ、葉瑠ちゃんに案内してもらえばいいんだ。いろいろ面白い場所とか、知っていそうだし。ね、ね、どう？　びっぐあいでぃあ？」

「あやな……今からおんぶにだっこ宣言？」深山さんの呆《あき》れたような溜息《ためいき》――僕も同意する。

「せっかくの修学旅行だから、全力で面白くしたいの」

大威張りであやなは胸を張る。

「はいはい、いいわよ。目を離すと危なっかしそうだしね。……赤神くんも含めて」

深山さんはそう言ってくっくっと笑った。

む、あやなと一緒にされるとは心外だ。目を離すと危なっかしい人間ランキング、全世界のトップランカーなのに。

「あ、楼樹くんが『あやなと一緒にされるなんて』って考えてる。ひどいー」

「……何も言ってないだろ。何も言ってない、何も言ってない」

「目ーを一逸《そ》ーらーすーなー」

膨れるあやなの顔を見ながら、大袈裟《おおげさ》に溜息をついた。その様子を見て、深山さんがますます大袈裟に笑い出す。

うか、やっぱり。
この学校トップクラスの美少女が笑っていると、少しだけドキドキするのは男の性《さが》なんだろ
「おーい、楽しそうだなー。交ーぜーろー、交ーぜーろーよー」
途端に深山《みやま》さんの顔がしかめっ面になる。あやなが今から起こるであろう展開にほにゃっと
笑う。僕もちょっと笑っていた。
「矢崎《やざき》くん。小学生じゃないんだからもうちょっとねぇ……」
「まあまあ深山。いいっていいって」「……って、なんであんたが私を宥《なだ》めてるのよ！」
矢崎一平《いっぺい》が僕たち三人に、強引なまでに割り込んできた。僕とあやなは笑いつつそれを受け
入れる。深山さんだけがひたすら拒絶しているけれど、彼女もどこか楽しそうなのは否定でき
ないだろう——実際に好意を持っているかどうかはともかくとして。
矢崎は、一言で言ってしまえば「学校のスター」だった、偶像《アイドル》ではなく星《スター》だった。古くさい
表現だったが、勉強ができて、スポーツができて、喧嘩《けんか》が強くて、歌が上手《うま》くて、料理が上手
くて、顔がいい。……いや、何だよこの完全無欠っぷりは。ゲームの主人公だって、さすが
にこれはないぞ。
僕も含めた全ての男子生徒に「妬《ねた》む気持ちさえ起きない」と言わしめる彼は、深山さんのこ
とが好きだと平然と公言して憚《はばか》らない。深山さんも、さすがにここまで大仰《おおぎょう》にアプローチさ

れると悪い気はしないのではないか……と思っているのだけど、生来の性格（ほら、ツンデレとかいうアレ）なのか、彼女は常に矢崎《やざき》に対しては素っ気ないというか、怒っているというか。

「ねえねえ、矢崎くん。修学旅行の自由行動、一緒にしない？」

あやなの提案に、僕も頷《うなず》く。深山《みやま》さんの顔が、どうにも複雑そうなものに変わっていた。照れたような、怒っているような……何となく、二人の微笑《ほほえ》ましさに口元が緩《ゆる》んでしまう。あやなもそれは一緒らしく、僕の腕をつんつんと肘《ひじ》で突っついていた。

提案された当の矢崎は、喜色満面《きしょくまんめん》で頭を下げて言った。

「矢崎一平《いっぺい》、ご一緒させていただきます！」

「……あまりはしゃがないでよ？」「いや、それは無理だろ。だって深山と一緒に自由行動！」

ヒャッハー、と飛び跳ねてはしゃぐ彼を――男子は呆《あき》れたような、羨《うらや》ましそうな溜息《ためいき》。女子もまた、あーあと諦《あきら》めた感じで眺めていた。

僕は、男子の中では矢崎と仲が良い方だ。矢崎は僕と真逆、あらゆる才能に満ち溢《あふ》れている男だから、僕は素直に彼を憧《あこが》れに思っていた。

〝人生は素晴らしい《ライフ・イズ・ビューティフル》〟――そう声高らかに宣言できる人間。いつか、僕もこうなれるだろうか。別に女の子にモテたいとか、そういうのではなく、彼のように人生を充実させることが果たしてできるのだろうか──そう考えて、たまに憂鬱《ゆううつ》になった。

　でも逆に、彼と一緒にいると、希望も持てた。憧れと仄《ほの》かな妬《ねた》み、それを持つのは僕が普通の人間だからだろう、などと思った。


　──場面が飛ぶ。

　修学旅行先のレントブロアは、確かに楽しかった。独立戦争で戦った兵士たちの遺品を集めた博物館は、鈍い僕でも胸に詰まるものがあった。誰もが命を懸《か》けて、自由と独立を求めて戦い、戦友のために散華《さんげ》した。あやなは、持ち前の感受性を発揮してぐずぐずに泣いていた。

　まだ、街角のあちこちにライフルを持った兵士たちがいる──彼らの写真は絶対に撮影しないように、と再三再四警告を受けていたが、たまにそれを忘れてはしゃぎ、携帯で顔を撮影しようとした生徒──クラスメイトの横見《よこみ》くんと館山《たてやま》くん──が物凄《ものすご》い勢いで取り押さえられていた。携帯がダメという訳ではなく、あらゆるカメラでの盗撮は、旧政府で大きな権力を誇っていた秘密警察がよく使っていた手らしく──顔をカメラに撮られることに嫌悪感を持つようになったとか。だから、記念撮影などは兵士たちの立ち会いの元、決まった場所で行わなければならないらしい。

　僕と矢崎、そして深山さんとあやなは痩《や》せぎすのガイドに頼んで写真館に案内してもらい撮影してもらった――。四人でただ集合しただけの写真じゃなく、レントブロア地方に伝わる民族衣装や、騎士甲冑《かっちゅう》まで着せてもらった。観光客用に軽量化されたものだけど、それでも僕も矢崎《やざき》も嬉々《きき》としてそれを着込んでいた。

その晩のホテルでは、男子だけが集まって大騒ぎした。教師が見回りに来るたびに、全員が沈黙した。なのに、誰かが誰かをくすぐって爆笑させ、全員でニヤつきながら説教を受ける羽目になる。一部は女子の階に忍び寄り、袋叩《ふくろだた》きにあっていた。矢崎と僕は、やはりこっそりと……女子二人に会っていた。矢崎は、上手《うま》く大方の女子に話をつけてしまったらしい。ここまでくると、もう脱帽です。

「はぁ、まったく……矢崎くんはともかくとして、赤神《あかがみ》くんまで」深山《みやま》さんの溜息《ためいき》に、僕は照れ笑いを浮かべつつ、頭を掻《か》いた。彼女の品の良いネグリジェは大人びた容貌《ようぼう》をさらに際だたせていたが、なんかもう綺麗《きれい》すぎてまともに彼女と目を合わせることができなかった。

「えへへー。このパジャマ、似合う?」あやながパジャマの袖《そで》を握って、ぶんぶんと両腕を振った。あー……視線をあやなに移動すると落ち着く、実に落ち着く。

「似合うも何も。普段と変わらないだろ、それ……」ほとんど無意識に発した僕の言葉に、矢崎と深山さんが、揃《そろ》って奇妙な表情を浮かべたので、慌ててフォローした。

「ほら、家が隣だからさ……。部屋の窓越しに話していると、たまにあやなはパジャマのままなんだ」

「……？　赤神、ひょっとしてお前の部屋って……貴島《きしま》さんの部屋の向かい側とか？」

わりと唖然《あぜん》とした感じで、矢崎が言った。

「ま、窓越しでお話しできる環境とか？」

これまた唖然とした表情で深山さん。僕は深い溜息をついて言った。

「こう言うたびに、友達からは『なんてベタな』『ベタすぎる』『漫画の世界じゃあるまいし……』と呆《あき》れられるけど、そうなんだ……」

言った途端、二人は揃って笑い出した。まあ、僕でもこれは（他人事なら）笑いたくなる。

「ぷっ、くくっ……本当に漫画みたい……！」

「家が隣同士で、小、中、高と一緒で……なんつーか、運命的すぎるな……わははは！」

「じゃ、じゃあわたしは楼樹《ろうき》くんにとって……隣の家の憧れの美少女かな？」何故《なぜ》か期待に満ちた目で僕を見るあやな。

「隣の家の……少女……かなぁ」「せめて、美をつけてくれたっていいじゃないの、サービスで！　もー！」

ぷんすか怒るあやなに、深山さんと矢崎は堪《こら》えきれずに爆笑した。

楽しかった。

未知の国で、既知の友人と語り合う……修学旅行は、毎年やるべきだなんてくだらないことをちょっと真面目に考えていた。

——場面が飛ぶ。

そうして、翌日。疲れ果てながらも僕たち二年三組のクラスメイトを乗せたバスは、ゆっくりと次の都市へと向かっていた——。

「そうだ。ここからだ、ここからの記憶が曖昧《あいまい》なんだ」

無意識に首筋を押さえた。軽い、針を刺されたような痛みがあった。朧気《おぼろげ》に……朧気に、誰かがいた記憶があった。そう、クラスメイトでもガイドでもない、明らかに異質の存在がいたはずだ。そいつを見た瞬間、反射的に僕は立ち上がった。そうしたら、そいつは僕を指差して——その指が突き刺さって気を失った。何とも奇妙な記憶だった。

そして僕は気を失って……失って……ここに、運ばれた。

つまり、僕がここにいる理由は——誘拐《ゆうかい》?

誘拐の動機はどうでもいい、誘拐されたことが問題だ。僕はすでに、人一人の命を奪っている。つまりは、誘拐犯と敵対関係にある。

あのバスの様子からすると、クラスメイト全員が誘拐されたのだろうか。深山《みやま》さんは、矢崎《やざき》は、それから……。

恐怖で胃のあたりが引き攣《つ》るような痛みを覚えた。

あやなは、無事なんだろうか？　それを考えるだけで、叫んで手当たり次第に彼女を捜し回りたくなる――必死で堪《こら》える。キツく唇を噛《か》んだ。

背中に総毛立つような感覚――耳を澄ます。こつ、こつ、こつ、という足音。メスをしっかと握り締める。尋問している余裕はない。迅速に排除しなければならない。

ドアが開く。

「終わったか？」

今度の英語は単純で、僕でも理解できた。何が終わったか――考えるまでもない。僕、僕に対する何らかの処置だ。

警戒心を持たずにドアを開けたクルーカットの白人は、床に転がる死体を発見してぎょっと立ち竦《すく》んだ。陰に潜んでいた僕には気付いていない。男は口を開き、「おい！」とでも声をかけようとしたのだろう。

――その、瞬間。

死角から飛びかかり、メスで喉《のど》を一文字に切り裂いた。血が噴出し、ごぼ、ごぼがら、がら、といううがいのような音がした。悲鳴をあげられても困る――口をしっかりと押さえ付けた。

血が手を汚すぬるりとした感触。猛烈な抵抗を見せていた男だが、すぐに脱力した。死体が一つ増えた――いや、僕が増やしたんだ。冷静に、僕は人を殺してしまった。異常だった。この状況も異常だけど、冷静すぎる自分が何より異常だった。どうして、僕は……僕は、こんなに冷静にやってのけたんだ？　なんだか自分が別の生き物になったみたいだった。彼のポケットを探り、キーリングと財布を手に入れた。しばし迷った末、彼が手に持っていたサブマシンガンは放置することに決めた。どうせ僕が持っても、まともに使えるはずもない。おろおろと銃を握り締めて、さっくりと射殺されるのがオチというものだろう。

代わりに、部屋にあった大振りのメスを一本手に握り締めた。

部屋を出る。しんと静まり返っている。この部屋は、廊下の一番奥らしく左側は行き止まり、右側にしか道がない。そして正面と手前の両方に、ずらりと錆《さ》びた鉄扉《てつび》が並んでいる。

試しに扉の一つを選んでゆっくりと引いてみたが、鍵《かぎ》が掛かっているらしい。どの道、これらの部屋から外へ出られる訳でもない。

コンクリートが剝《む》き出しの廊下と錆びた鉄扉――そんな殺風景な作りは、まるでテレビや映画で見た刑務所を思わせた。いや、ひょっとすると刑務所そのものかもしれない。

なるべく音を立てずに歩く、鉄扉には小窓がついている。通るたびにそれをちらりと覗《のぞ》き込むが、人がいる気配はなかった。

這《は》いつくばりながら、そっと廊下の角に顔を出す。誰もいない、廊下は真っ直《す》ぐ伸びているが、途中に頑丈そうな鉄格子が嵌《はま》っており、そこから先は鍵がなくては行けない。……手元にある鍵が、そうであることを祈るばかりだ。

曲がった先にも、やはり錆びた鉄扉が並んでいた。僕は、全てを無視して息を殺して進んでいた――が。

すんすん、と誰かが泣く声にぴたりと足を止めた。鉄格子手前の扉――その中に、誰かがいる。そして、この泣き声は――――まさか。

「あやな!?」

小窓を開いて、暗闇《くらやみ》の中に恐る恐る呼びかける。

「……っ！　楼樹《ろうき》くん！　楼樹くん、楼樹くん！」

全身を安堵《あんど》が包む。あやなの声、あやなの顔だ……！

「あやな、あやな……！　大丈夫か!?」

彼女は涙で顔をくしゃくしゃにしながら、何度も何度も頷《うなず》いた。

「平気、平気だよう！　楼樹くん、楼樹くんは……！」

「あやな、赤神《あかがみ》くんなの……!?」

「赤神、赤神……！　助けて、助けてくれ！」

深山《みやま》さんと矢崎《やざき》の声。僕は、慌てて小窓越しに静かにするようにジェスチャーした。あやなはこくこくと頷《うなず》いて、駆け寄ってきた深山さんと矢崎の口を塞《ふさ》いだらしい。

「しーっ、しーっ！」

「……」

静かになった。しばらくの間耳を澄ますが、何も聞こえない。頼むぞ、どうか気付かれてませんように……。

僕は何度か試して、キーリングから施錠されていた扉の鍵《かぎ》を探し当てた。扉を開いて、すぐに部屋の中の人数を確認する。

中には六人――僕のクラスメイトたちだ。矢崎、深山さん、あやな、それから横見《よこみ》と館山《たてやま》、あとは……。

「村上《むらかみ》先生？」

「ああ、赤神《あかがみ》、赤神か……！　よかった、お前だけ連れて行かれたと貴島《きしま》に聞いて、一体どうなることかと……」

憔悴《しょうすい》しきった三十代の男――僕らの担任である村上洋介《ようすけ》が、安堵《あんど》の胸を撫《な》で下ろしていた。

僕は中に入ると、そっと扉を閉めた。

「全員、怪我《けが》はない？」

「うん……大丈夫」

あやなが強張《こわば》った表情で、頷いた。

「他のみんなは？」

「ごめん、分からない。私も気付いたらここにいたの。楼樹《ろうき》くんはずっと眠っていて、それから……それから、怖い人が眠ったままの楼樹くんを連れて行ったの」

「怖い人？」

あやなが思い出しでもしたのか、びくりと身を震わせた。彼女の代わりに深山さんが答えた。

「銃を持った男よ。たぶん、この国の人間だと思う……たぶんだけど」

「銃……ひょっとして、これくらいのサブマシンガン？」

「よくわかんないけど、大きさはそんな感じ」

……なら、ひょっとしたら僕が殺した男かもしれない。

「深山さん、一体何があったか……分かる？」

僕の問い掛けに、彼女は泣き出しそうな瞳《ひとみ》で首を横に振った。

「分からない……全然、分からない」

「矢崎も、何があったかは――」

「すまない、何も分からない。……本当に、まるで覚えていないんだ」

駄目か……。せめて、ここがどこなのか分かる人間がいると助かったのだけど。

「ここ……地下室だと思う」

あやなの言葉に、全員が注目する。彼女は自分の言っていることが正しいか正しくないのか、よく分からないというように首を傾《かし》げつつ、言った。

「あのね、わたしは……たぶん、バスの中にいた人たちで一番早く目を覚ましたの。あ、でも体は動かないし声も出なかったけど、何となく意識はあったの。それでね、誰かにバスから降ろされて、背負われて移動したの。そのとき、自分の体がゆっくりと下っていく感覚がしたから……」

矢崎《やざき》がそこで話を遮《さえぎ》った。

「分かった。つまり上に行けばいいんだな？」

こくんとあやなが頷《うなず》く。

「よし、行こう」

即断即決《そくだんそっけつ》。矢崎の力強い言葉に、深山《みやま》さんやあやなは頷いた——横見《よこみ》と館山《たてやま》は顔を見合わせている。村上《むらかみ》先生は、口をもごもごさせたあと、躊躇《ためら》いがちに言った。

「まあ、矢崎くん。待ちなさい、一体何が起こったのか分からない。下手に動くのは危険だ」

「危険って、先生何言ってんだよ！」

「他のクラスメイトたちも、どこにいるのか……」

「知らねぇよ！　あとで捜せばいいだろそんなの！　今は、すぐにここを出た方がいい！　なんか、すっげえ嫌《いや》な予感がするんだよ！」

「だ、だがしかし。他の生徒は……」

僕は鉄扉《てっぴ》に耳を押し付けつつ、二人を強引に黙らせた。

「静かにしてください。誰か、来ました」

人数――足音は複数、たぶん二人。僕はしばらく迷った末、堂々と鉄扉の前に立つことにした。開いていることがバレれば、警戒される。このドアの前で足を止めた瞬間、迅速に開いて〝始末〟するしかない。

全員が僕の様子に奇妙なものを感じたのか、一斉に静まり返った。扉の前に、誰かが立った。

彼らは鍵穴《かぎあな》に鍵を差し込み、扉を開けようとする――だが、扉は開いている。そのことに気付く寸前、扉を押し開いた隙間から僕は、一人の男の下顎《したあご》から延髄《えんずい》に向けてメスを突き出した。するりと忍び込んだ刃は、一瞬で彼の意識と生命を断ち切った。

僕はメスを引き抜くことなく、そのまま手放す――まだ、もう一人の男は反応しきれてない。僕は殺害した男を押し出して廊下に飛び出す、男の目に驚愕《きょうがく》と憎悪が入り混じり始めたのとほぼ同時、僕の手は彼のライフルに絡んでいた。

「――くそったれ《ファック》！」

こんな状況にもかかわらず、僕はそれを分かりやすい言葉だな、などと思った。

男の手からライフルを力でもぎとることは難しい、だが回転させることは簡単だった。銃の両端を持ってぐるんと回転させると、彼の手はその動きを捕らえきれずに力が抜けてしまっ

た。奪った銃を棒に見立て、野球の要領で思い切り振った。銃把《グリップ》が男のこめかみにヒットする
――仰《の》け反《ぞ》った男に渾身《こんしん》の力を込めて頭突きを放つ。鼻骨が折れる音――悲鳴があがるより先に、男の口を塞《ふさ》いだ。

「だめっ！」

……そこで、あやなの押し殺したような叫び声に動作を止めた。

振り返る――いつのまにかこちらに近寄っていたあやなが目を見開き、僕の腕に手を置いていた。

村上《むらかみ》先生が、深山《みやま》さんが、矢崎《やざき》が、横見《よこみ》が、館山《たてやま》が――唖然《あぜん》とした目で、僕を見ていた。

そこに恐怖の感情があることは疑うまでもない。

僕は軽く頷《うなず》き、開いた扉に昏倒《こんとう》した男を引きずり込んだ。それから、呆然《ぼうぜん》と突っ立っていた
――突っ立ったまま死んでいたのだが――男も同じように引きずり込んだ。

「ちょ、え、赤神《あかがみ》……ころ、殺した……の？」呆然と深山さんの問い掛け。

「うん。……仕方なかった」。とりあえず、そう応じる。

「あ、ちょっと、仕方……なかった……って」

唖然とした声。

「仕方なかったんだ」

僕はそう言いつつ、メスを引き抜こうとしてやめた。血が噴き出ると、皆がパニックに陥《おちい》る

可能性がある。二人の服のポケットを上から順に探っていった。

周囲の人間は気味悪そうに、僕のしていることを眺めている……気にしないことにする。見つかった、懐《ふところ》から財布を抜き取り、それを深山さんに手渡した。

「な、何よ……こんな気持ち悪いの、ご、強盗じゃないこれって……」

「手がかりになりそうなものがあったら、それを見てみて」

深山さんはその言葉に、ぼんやりとした感じで「ああ、そ、そうね」と呟《つぶや》いて、調べ始めた。

二挺《にちょう》のサブマシンガンをまじまじと見つめる——僕は、銃にはあまり詳しくない。

「誰か、銃に詳しい人いる？」

「あ、俺、俺……ちょっと見せてくれ」

矢崎が手をあげたので、彼に銃口を向けないように手渡す。

彼はまじまじとそれを見つめ——うんうんと納得したかのように頷いた。

「ＵＭＰだ」

「な、何だって矢崎？」

村上先生の問い掛けに、彼は銃を構えつつ呟いた。

「ドイツのヘッケラー＆コッホっつー会社のサブマシンガンです。軍や警察の特殊部隊がよく使うタイプ」

「じゃ、じゃあ彼らはドイツ人なのか？」

「……いえ、アメリカ人です」

深山《みやま》さんが身分証明証をひらひらさせながら言った。

「これ、アメリカの運転免許証です。名前は、リチャード・モラン」

「他には何かあった?」

僕の問い掛けに、彼女は首を横に振った。

「じゃ、じゃあ……アメリカ人なのか? ギャングなのか、こいつらは?」

別にどうでもいいじゃないか、と思ったが、村上《むらかみ》先生は彼らの正体を知ってようやく思考の筋道を見出だしたらしい。吐いた息で曇った眼鏡《めがね》を鬱陶《うっとう》しそうに指で拭《ふ》いた。

「と、ともかく。みんな、勝手に行動するな。私に従いなさい」

「あの、先生……どうするんですか?」

あやなの問い掛けに、汗を拭《ぬぐ》いつつ先生は答えた。

「うん……アメリカのギャングなら話は簡単だ。身代金目当ての誘拐《ゆうかい》だろう。つまり、おとなしくしていれば日本政府が……」

「アメリカのギャングじゃないと思いますよ、先生」

矢崎《やざき》の答えに、村上先生は目をひん剝《む》いた。

「な、何だ矢崎。この非常事態だ、今は口答えをするのはやめて……」

「ってか、俺らが誘拐されたのって東欧ですよ、東欧。何でそんなとこに、アメリカのギャングがいるんですか」

「じゃ、じゃあ東欧のギャングだ」

僕の意見は違っていた。彼らはいわゆる〝傭兵《ようへい》〟だと思う。お金で誰かに雇われた、どこの所属でもない兵士。

「ともかく。……俺は、こんな場所にじっとしているなんて嫌《いや》ですね」

矢崎が銃をそれっぽく持ち（アメリカに旅行に行ったことがあるから、経験があるのかもしれない）、皆に言い聞かせるように告げる。

「俺は、この建物から脱出しようと思う。もちろん、その過程でみんなを助けられるなら、助けたい。一緒についてくる奴《やつ》は、いるか？」

「や、矢崎！　勝手な真似《まね》は……」

「うるせえ、黙れ！　深山、お前どうする？」

「え、あ、その…………………い、行く」

しばし迷った末、深山さんはこくりと頷《うなず》いた。死体から離れたいのか、矢崎と一緒にいたいのか、それは分からないけれど。

「よし。横見《よこみ》、館山《たてやま》。お前らは？」

「い、行く。行くよ」

「お、俺も行く！」

横見《よこみ》と館山《たてやま》も同時に手をあげた。横見は痩《や》せてほっそりした男子生徒でやや神経質、館山はその逆で体は大柄——どちらかというと肥満体——で、おおらかな性格だった。しょっちゅうつるんで行動しているせいか、こんな状況でも、二人の息は合っていた。

「貴島《きしま》、赤神《あかがみ》。お前らは当然、ついてくるよな?」

「……楼樹《ろうき》くん?」

「行こう。もう一挺《いっちょう》のサブマシンガンはどうしようか?」

「先生、先生がここに残るんなら——」

「ま、待て! 待ってくれ!」

村上《むらかみ》先生は僕の手から勢いよく、サブマシンガンを奪い取ると言った。

「先生も行く、先生も行くぞ」

§　§　§

僕たちはあやなの持っていたハンカチと、彼ら自身のベルトや服で即席の拘束着を作り上げた。閉じ込めておけば、ほんのしばらくは時間を稼げる。

本当ならば、あの男にいろいろと問い質《ただ》すべきだった——と思う。思うが、そのためには拷問に近いことをやらなければならず、おまけにその間はあの部屋から離れることができない。みんなの神経にも負担がかかるし、必要な情報を手に入れるまで時間がかかりそうなので、やむを得ず諦《あきら》めた。

僕たちは廊下を途中で塞《ふさ》いでいる真新しい鉄格子の前に立った。ぐっと格子を握って揺さぶろうとしたが、びくともしなかった。

「よし、あの鉄格子の鍵《かぎ》はあるか？　なければ、これでブッ壊してやる」

「……銃弾が反射すると危ないよ、たぶん」

張り切る矢崎《やざき》にそう言って、僕はキーリングの鍵を一つ一つ確かめた。五つ目でドアが開いた。警報器などが設置されている訳ではないようだ——灰色の廊下はしんと静まり返っていて、両側には先ほどのように赤く錆《さ》びた鉄扉《てつび》が立ち並んでいる。

監視カメラもなければ、巡回する見張りもいない、簡素な白熱灯の明かりがぶらぶらと揺れている。監禁にしては、ガードが緩《ゆる》い……のか、それとも僕のような存在がイレギュラーだったのだろうか。

「な、なあ……なあ、赤神」

先頭を行く僕の後ろに、矢崎がいる。彼は恐る恐るといった様子で、僕にひそひそと話しかけた。

「お前、さっきの……何だったんだ?」

「さっきって?」

「お前がその……あいつを、殺したときのあれだよ」

「……?」

質問の意図がよく分からず、振り返って首を傾《かし》げる。廊下の向こう側に人はいない。進もうと思ったとき、ぐっと肩を摑《つか》まれた。

「お前、なんか……習ってるのか?」

「習ってるって、格闘技とか?」

「まあ、そんな類《たぐ》いのもの……だけど」

「ごめん、ちょっと待って。……よし、階段だ」

僕の指差した先には、確かに階段があった。おお、と感嘆の声を上げて走り出そうとする矢《や》崎《ざき》を咄嗟《とっさ》に押しとどめた。

「何する……」

手で口を塞《ふさ》ぎ、後ろを振り返って全員に黙るように唇に指を当てた。この距離なら、耳を澄ませば他の人間にもよく聞こえるだろう。

全員がしばらく黙っていると——矢崎や深山《みやま》さんが、はっとした表情を浮かべた。

「……声?」

矢崎の囁《ささや》きに頷《うなず》いた。それも単なる声じゃない、何かこう……テレビ番組の声みたいだ。観客の笑い声とか、何かのＢＧＭらしきものも含めて、右方向にある鉄扉《てつび》から微《かす》かに漏《も》れ聞こえてくる。

僕は自分と矢崎を交互に指さし、鉄扉を指さした。意図を理解した矢崎は、恐怖に引き攣《つ》ったような表情を浮かべた。

「お前ら、ここで待ってろ」

矢崎の言葉に、後ろにいた皆が頷いた。――あやながハラハラした表情で、僕を見つめている。心配ない、というように手を振った。

僕と矢崎は、扉まで屈《かが》んで音もなく歩く。開きっぱなしの小窓から、そっと中の様子を窺《うかが》う

――そこは、僕たちがいた部屋とは、まるで別世界だった。洋風の豪華な調度品、大きな液晶テレビ、柔らかそうなソファーには大柄の外国人が三人、葉巻を口に、そして酒を片手にゲラゲラと笑っていた。そこから判断するに、どうやらここは娯楽室の類いらしい。

「……」

矢崎と僕は、目を合わせ――彼は恐る恐る頷いた。僕はゆっくりと鉄扉の取っ手を摑み、それを引いた――。

そろそろと開かれた鉄扉に、彼らはまだ気付かない。矢崎が単身、果敢に飛び込んだ。

「動《フリーズ》くな！」

彼の言葉に振り返った男たちは、ぽかんと口を開けた。僕は視線が矢崎《やざき》に一斉に集まったのをいいことに、屈んで部屋の中へと侵入した。

誰かが言葉を発する。

「お前ら何を――」

ほとんど勘で一番硬そうな酒瓶を選び、一番手近にいた男をそれで殴った。ガシャリと手元でガラスが砕け、男が白目を剝《む》いて倒れた。

続けざま、握り締めた酒瓶の欠片《かけら》でもう一人の男に狙《ねら》いを定めた。その男は興奮した様子で、手に持ったライフルを構えようとしている。そんな彼の首筋にとんとガラスを当て、一気に頸動脈《けいどうみゃく》を引き裂いた。「あ?」――なんだか信じられないという様子で男が首筋を押さえ、叫ぶこともできずに床に倒れた。

血はたちまち絨毯《じゅうたん》を汚し、大量に吸い取っていく。高そうな絨毯なのに、もったいないと思った。そんなことだけしか思わない自分が、一番不思議だった。

矢崎が呆然《ぼうぜん》とした表情で僕を見ている――。

分かっている。今の僕は、確かにおかしかった。いや、おかしいというのであれば元からか。客観的に見て、僕はあまりにも人の道から外れた行為をこなしていた。生まれて十七年、何をやっても平凡で埋没していた僕は――。

くそ、頭が痛い。考えるのはやめて、今は生き残ることだけを考えよう。

最後に、一人残された男は呆気《あっけ》に取られたまま——恐る恐る手をあげた。

§　§　§

深山《みやま》さんは一瞬、血みどろの死体を見て凍りついた。彼女に遅れて入ってきたみんなも、悲鳴や呻《うめ》き声をあげた。

「…………」

沈黙——何となく見つめられている気がして、僕は目を逸《そ》らした。深山さんの目を正面から見据える度胸はなかった。

僕たちは、男たちを革のベルトで固く縛りつけた。僕はこちらを睨み付ける男の目の前に座り込み、左側では矢崎が彼にサブマシンガンを突きつけていた。凍りついていた深山さんは、あやなの呼びかけにどうにか自分を取り戻した。今は、僕たちの背後から恐る恐るといった感じで顔を覗《のぞ》かせながら、英語で男に質問を始めている。

「名前は？」

「フランシス・ワーズワース」

「国籍は?」

「フランス……」

偽名くさかったし、国籍も怪しいものだけれど……今は構っていられない。

「何故《なぜ》、ここにいるの? こんなところで、何をしようとしていたの? わたしたちは、何故ここに連れて来られたの?」

「……」

「答えて!」

深山《みやま》さんの問い掛けに沈黙する男の首筋に、僕は血で染まった酒瓶の欠片《かけら》を突きつけた。目を見る——怯《おび》えている、心の底から怯えている。と、同時にこれは夢ではないかという妄念も抱《いだ》いている。そんな気がした。

僕はそっと囁《ささや》いた。

「答えろ《アンサー・ミー》」

男はそれを聞いた瞬間、弛緩《しかん》したようにぐったりと脱力し、怯えた様子で呟《つぶや》いた。

「クラブだよ。お前たちを連れて来たのは、人狩り《マンハント》の愛好者たちだ」

§　§　§

男は人狩りを目的とするクラブについて、熱心に語った――。

クラブは、特定の名前を持っている訳ではない。「ハンティングクラブ」でも「人狩りクラブ」でもなく、ただ「クラブ」だ。そして、会員が「クラブ」と言うときは必ずこのクラブのことを指す。

ヨーロッパの歴史の裏で彼らは財力と権力を活用し、おぞましい欲望を発散し続けている。世界のあちらこちらに、クラブは狩り場《フィールド》を所有している。そのうち、もっとも新しい狩り場《フィールド》が、ここ――独立したばかりのレントブロアである。戦争が終結すると、クラブの会員たちはすぐにレントブロアの各都市へ積極的な経済投資を行い始めた。長く続いた独立戦争で困《こん》窮《きゅう》していた政府にとって、彼らの投資はまさに天からの贈り物に等しいものだった。そして、クラブの会員たちは政治的に強い発言力を持つと、首都から遠く離れた小さな街を一つ、丸ごと買い取った。もとより、戦争で滅び復興させる当てもなかった街だ。首都からも遠く離れていて、彼らがどんな騒ぎを起こしても咎《とが》める者はいない。

とはいえ、どんな情報も漏《も》れるのは内側からだ。会員の選定には、いくつか厳しいルールが定められている。

会員になるためには、会員から推薦を受けなくてはならない。紹介を受けるには、会員と親しくなってから、二年の時間が必要だ。その二年で、あらゆる方面から――家族構成、経歴、趣味、日常生活から深層心理に至るまでの一切を調べ上げられる。

そうして。その誰かが、クラブに入るに相応《ふさわ》しいと認められたとき――莫大《ばくだい》な入会金と共に、入会を認められる――。


通訳する深山《みやま》さんの話が一旦《いったん》切れたとき、僕は全員の顔を見回した。蒼白《そうはく》だった、全身をガタガタと震えさせていた。無理もない。この言葉が正しければ、自分たちは――。

「わた、私たちが……獲物、なの？」

人狩り《マンハント》の対象ということになるのだから。

「……」

男が無言で頷《うなず》き返す。押し殺したような悲鳴をあげたのは、館山《たてやま》だろうか、横見《よこみ》だろうか。

「深山さん。他のみんなのことを知っているかどうか、聞いてみて」

「……あ、うん」

深山さんの問い掛け――残り三十人あまりの生徒たちは、どこにいるのか。

その不安げな質問に、男が初めて優位に立ったように笑った。僕は迷わず、彼の顎《あご》を握ってこちらを向かせた。途端、けだものでも見たかのように恐怖の表情を浮かべた。

先ほどの言葉を繰り返す——男は心底怯《おび》えながら告げた。その告白は、全員に最高の衝撃を与えたことは、疑いようがない。

「お前たちが、最後の生き残り《チーム》だ。他は全員、狩られた」

どさり、と膝《ひざ》から崩れ落ちる音がした。恐らく、村上《むらかみ》先生だろう。生徒思いだった……とはお世辞にも言い難いが、それでもこの場にいない教え子が皆殺しにされたと聞けば倒れたくもなる。

「先生、先生！」

あやなが介抱しているらしい。

「何だよ、それ……何だよ、それ！　畜生！」

矢崎《やざき》が叫んで、男の顔面をサブマシンガンのショルダーストックで殴りつけた。男が悲鳴をあげる——その表情は苦痛に歪《ゆが》み、そして。

「……！」

笑っていた。

「深山《みやま》さん」

「……」

「深山さん！」

肩を摑《つか》み、揺さぶると呆然《ぼうぜん》としていた彼女がはっと我に返った。僕に肩を摑まれていたことに気付き、反射的に手で払いのける。

「な、何!?」

「僕の言葉を彼に訳してほしい」

そう言いつつ、立ち上がった。男が怯《おび》えたように後ずさる——睨《にら》む。

「まだ他に隠していることがあるだろう」

男の全身が引き攣《つ》った。汗が噴き出る、動揺して目があちこちに揺れ動く。

「言わなければ今すぐ殺す」

男の沈黙は一秒と続かなかった。

「俺は、俺は……俺は会員じゃない！　準会員なんだ！」

「準会員とは？」

「俺は、会員としての資格をまだ備えちゃいないんだ！　だけど、どうしても入会したかった！　それで、二十四時間監視される義務を背負っている！　監視カメラで！　盗聴器で！　GPSで……！」

深山さんが震えながら通訳した瞬間、僕は男の顔を蹴《け》り飛ばした。男は跪《ひざまず》いていたために、受け止めることもできず、机に頭をぶつけて昏倒《こんとう》した。周囲を見回す――背筋の悪寒が凄《すさ》まじい、猶予《ゆうよ》はもう存在しない。

「全員、逃げよう！　逃げたことが、もう、バ、レ、て、る！」

その呼び掛けに、鋭い者も鈍い者も慌てて立ち上がった。僕は酒瓶の欠片《かけら》を捨て、壁に並べてあった武器の中で、適当な剣を摑《つか》んで鞘《さや》から引き抜いた。奇妙な武器だった。根元は真っ直《す》ぐな刃が、半ばで折れ曲がって〝く〟の字形を描いている。握り締めるとずっしりと重く、突き刺すよりは、斧《おの》のように振り回す方がよいな、と判断した。

ククリナイフ、そう呼ばれる代物であったことは何となく記憶している――ナイフというよりは、ちょっとした青竜刀《せいりゅうとう》のようだが。握り締めると、酒瓶の欠片よりも銃よりもこれが一番しっくりときた。

ドアを開く、まだ人の気配はないが嫌《いや》な予感がひっきりなしに脳を暴れまわっている。

ここから逃げなくてはならない、今すぐに……！

僕たちは、息せき切って走り出していた。

僕たちは廊下へ飛び出すと、右手にあった階段をひたすら駆け上った。まずはこの建物から脱出しなければならない。矢崎《やざき》と僕は先頭に立ち、とにかく皆を先導した。窓（鉄格子が嵌《は》められ、そこからの脱出は不可能だったが）の景色から察するに、ここが一階であることは明らかだ。

僕はあやなの手を握り、矢崎は深山《みやま》さんの手を握り締めた。真ん中に横見《よこみ》と館山《たてやま》が入り、村上《むらかみ》先生には一番背後に回ってもらった。

集団の足音と、呼吸音が響く――捕まっていてもおかしくない。

「楼樹《ろうき》くん、楼樹くん」

背後の遠慮がちな囁《ささや》き。僕に手を引っ張られているあやなが、泣き出しそうな顔で言った。

「わたし、怖い」

「僕も怖いよ」

――そう嘘《うそ》をついた。あやなは眉《まゆ》をひそめ、ぶるぶると首を横に振ってからやっと笑ってくれた。涙目で、無理やりだったけれど。

「き、来た、来たぁ！」

§ § §

最後尾にいた村上先生が、叫んだ。振り返る――総毛立つ。複数の男たちが、こちらに銃を向けていた。

「……！」

あやなの手ではなく、腰を抱いた。膝《ひざ》に力を溜《た》めて――走る、というよりは低く跳躍した。ちょうど、肉食動物が飛びかかる様子に似ていた。廊下の角の壁を蹴《け》って、曲がる。

「ひゃぁぁっ⁉」

あやなの場違いなほどの素《す》っ頓狂《とんきょう》な悲鳴。バリバリという銃声が鳴り響く、たちまち絶叫。

「みんな！」

悲鳴を聞き分ける――矢崎の「うわぁっ」という絶叫。深山さんの「いや！」という甲高い絶叫。館山の「いやだあああ！」という絶叫。横見は「ひぃっ」とくぐもった悲鳴。そして、村上先生は――どうやら、もう駄目らしかった。

「あははははは！　あはははは！　きた、きたー！　あはははは！　あはははははははははははは！　きたよ、きたよー、授業、授業を始めなきゃ、ゆめ、ゆめだよこれ、ゆめに決まってる……！」

銃声――村上先生が撃ち返したらしい、銃を扱えたのかという驚きが脳裏を掠《かす》めた。途中、矢崎が先生に教えていたから、その後は安全装置を外しっぱなしにしていたのかもしれない。それなら、すぐに弾が出る。ともあれその間に、残り四人が角を曲がってきた。判断、判断、判断――脳裏に地図を思い浮かべる。窓から判断するに、ここは建物の外周部分だ。沿っていけば、必ず出口は見つかるはず。

「走ろう！」

僕の呼びかけに、館山《たてやま》が言った。

「村上《むらかみ》先生は……！」

「いいから、走れっつってんだよ!!」

矢崎《やざき》が強引に全員を誘導した。カタカタと歯を打ち鳴らしながら、矢崎は必死にリーダーシップをとっていた。

あとに続く――僕たちの行く道が、正解であるように祈るしかない。

「うあああああああああああっ！　いでええっ！　いだい、いだい、いだあああい！」

銃弾が体を穿《うが》つ音というのは――ぶつ、ぶつと肉を引き千切るような音とバケツ一杯の水をぶちまけるような音を高速大音量で耳に叩《たた》き込まれるようなものだ。

「やめでえええ！　だずげでええええええええええええ……え」

長い長い絶叫は、一瞬で停止した。恐らく、敵の誰かが、先生の喉を撃ち抜いたのだろう――歓声があがる。「イエス！」という狂喜の叫び。仕留めたらしい。

だが、村上先生との撃ち合いで彼らは大幅に遅れた。僕たちは息せき切って走り、出口と思わしき両開きの鉄扉《てつび》を探し当てた。

重たい扉を、矢崎と二人で力任せに開く——陽光が、目に差し込んだ。

景色は眼下に広がっている。どうやらここは山のやや中腹に当たるらしく、外に出てくるりと逆を向くと、険しい山道が上へ上へと続いていた。

建物そのものは、僕が思っていた以上に大きかった。そのあまりにも素っ気ない灰色のコンクリートで構成された建物はやはり刑務所ではなかったか……などと思わせる雰囲気があった。

坂道をずっと下っていった先には、大きな街が広がっていた。だが、何かが動く姿は欠片《かけら》も見当たらない。自動車も走っておらず、人が動いているという感覚もない。さらに言うなら、建物のほとんどが、ここから見ても分かるほどに崩れかけている。

廃墟《はいきょ》と化した建物なら、日本でも珍しくはない——だが、廃墟と化した街というのであれば、話は別だ。あの男の「街を買い取った」という言葉を思い出す。


そして。僕たちはそこを出たところで、足を止めてしまっていた。どこへ行けばいいのか、判断がつけられなかった。

「ど、どうする……?」

矢崎を見る——僕は頷《うなず》き、真っ直《す》ぐ街を指さした。

「全員、矢崎について走れ!」

「ろ、楼樹《ろうき》くんは……?」

おずおずと告げるあやなの手を離す。あ、という声に奇妙な喪失感があったが、今は気にしている場合ではない。

「ここで時間を稼ぐ。あとから追いつくから、先に行ってくれ」

「な、何バカなこと言ってんだよ……!」

「時間がない、行け!」

矢崎《やざき》を半《なか》ば突き飛ばすようにして強引に進ませる。深山《みやま》さんは僕をちらりと見て、あやなと手を繋《つな》ぎ、共に走り出した。

「ほら、行くわよ!」

館山《たてやま》は呆然《ぼうぜん》とした様子で——横見《よこみ》は、ただただ身を震わせながら頷《うなず》いた。僕は彼らと反対方向に再び建物の中へと入っていった。

——全員の視線から解放された途端、僕はククリナイフを右手に握り締めて走り出した。

廊下の角を曲がった先が、がちゃがちゃと騒がしい——ライフルを手にした男たちの、ぞんざいな足音だ。さすがに腹が立ってきた。角を曲がって、彼らと遭遇《エンカウント》する。

全員が、戻ってきた僕に対して啞然《あぜん》とした表情を向けた——逃げたはずなのに、これから追おうと思っていたのに。何故《なぜ》、この獲物は逃げずに、向かってきたのだ――？

ククリを片手に走り出している僕は、一声吼《ほ》えた。跳躍、壁を蹴《け》る、ほとんど一瞬で彼らに肉薄する。驚愕《きょうがく》が恐怖に変わる瞬間を、僕は確かに見た。少しだけ、腹立ちが収まった。

「……！」

声にならない悲鳴と、ありえない状況下の混乱《パニック》。銃を向けてきた彼らの腕を刻み、首を刻み、跳躍、脳天を抉《えぐ》りつつ着地、背後から刃の尖端《せんたん》を延髄《えんずい》に押しこんだ。

一瞬で四人が死に、一人が銃を落として泣き喚《わめ》いた――腕から大量に出血しているのだ――。泣き喚く男は、ファックを連呼しながら残った腕でどうにかライフルを構えようとした。構えて、撃とうとした。だが血で滑って銃を取り落とした。

「ノゥ……ノゥ……ヘルプ、ヘルプ、ヘルプ……プリーズ」

男の顔を改めて覗《のぞ》き込む。ふっくらと膨《ふく》れ上がった頰《ほお》は、今までの人生において苦労と呼べる苦労をほとんどしたことがない、という甘やかされた育ち方をしたのだと何となくだけど分かった。

僕は片手を押さえ、涙を流して命乞いをする男の首を掻き切った。血が気管に入り込むと男は苦しげに咳き込み――やがて息絶えた。

素早く廊下の端を見る。監視カメラが、じっとこちらを捕捉していた。腹立ち紛れに、僕は手近のライフルを握り締めると、渾身《こんしん》の力を込めてそのショルダーストックを叩《たた》きつけた。カメラが壊れたあと、僕はまたも彼らの財布を奪い取った。
逃げるとき、役立つのは武器以上にお金だ。
銃は——持たない方がいい、と判断した。彼らの持つライフルは高性能の狙撃銃《そげきじゅう》だ。基本的に、相手に狙われない前提で使わなければならない代物だ。
重たそうな双眼鏡——これは、必要になるだろう。僕はそれを首に掛けた。血みどろの中を、僕は立ち去ろうとする。早く追いつかないと、先に逃げたあやなたちも見失う——。

その瞬間だった。
凄《すさ》まじい力で右肩あたりを殴り飛ばされ——僕は、意識が飛んだ。

第二章　逃走

男は鼻血を出しながら、震えて跪《ひざまず》いていた。

彼の周囲には、ふてぶてしい顔つきの男たちが、アサルトライフルを肩に掛けて重圧を与えるかのように睨《にら》みつけている。

だが、男が見ているのは彼らではなく――ソファーに座って、両手をすり合わせる穏やかな顔をした老人であり、その隣にひっそりと佇《たたず》むガスマスクを装着した喪服の女であった。

老人《ミスター》は穏やかな知識人という感じだった。白い髪はオールバックで固められて、服はクラシックスタイルのスーツ。瞳《ひとみ》は海のように穏やかに暗く、底知れない恐ろしさがあった。

喪服の女は、異形《いぎょう》としか言いようがない。十九世紀のものとおぼしきガスマスクは古めかしく、ひたすら不気味だった。両腕には金属製の鉄爪《てつづめ》を装着している――異形化したモグラのよう。喪服は全身を覆い隠し、素肌らしいものがまったく見えない。

老人《ミスター》がゆったりとした口調で告げた。

「聞いていたとも。何もかも全部」

赤神楼樹《あかがみろうき》たちに尋問されていた男は、必死の形相で何度も頷《うなず》いた。

「あ、ああ。俺は……俺は、大したこと喋《しゃべ》ってなかっただろう？」

「うむ。生き残れたなら、いずれは知ることだ」

「まさか、くつろいでいる最中に乱入してきたのが獲物だとは分からなかった」

「ああ。私でも、あれでは対応できないだろうな」

温和な笑顔に、男はホッと息をついた。大丈夫なようだ、それほど〝ミスター〟は怒っている訳じゃないらしい。

「ミスター。今日の狩りは遠慮しておこう。きっと、ついてないんだ。幸運の女神が俺を見放している」

「そうだな。私も今日の君は本当についていないと思うよ。ウィドウ、撮影を頼む」

ミスターが立ち上がった。傍《かたわ》らに控えていた喪服の女の肩を軽く叩《たた》くと、彼女が進み出る。

慌てたように、彼を取り巻いていた男たちが彼を解放した。

「え……？」

ぽかんとした口調で呟《つぶや》いたあと、男は立ち去ろうとする紳士を呼び止めた。

「何故《なぜ》……」

ミスターが穏やかに答えた。

「何故って。君が獲物を逃がしてしまったからさ。もちろん事故だ、事故だとも。こちらのミ

スもある。だが……」

「よせ！　やめろ！　この女と二人になんかさせないでくれぇ！」

「だが。――それでも私は長として、獲物を無様《ぶざま》に取り逃がした上に情報を吐いた君を裁かねばならない。判決、死刑。死刑場所はここだが、問題ないかね？」

「待って、待って……慈悲を！　慈悲を！　ミスター！　ミスター！」

ミスターは悲しげに首を横に振った。

「いかなる者も、神との盟約には逆らえない。私も、君も、誰も。我々は定めた。お前はそれに服従することを誓った。準会員といえども、それは絶対だ。悲しいな、悲しいな……」

ミスターと男たちは部屋から立ち去った。残されたのは、うな垂れて膝《ひざ》をつく男と黒衣の服を身に纏《まと》った女性だけ。

女性の表情、顔、年齢は分からない――全てが、ガスマスクの下に覆い隠されている。

「顔を上げなさい、あなた」

ガスマスク越しの、くぐもった声――。

恐る恐るといった様子で、男が顔を上げた。ガスマスクの女は爪《つめ》を真っ直《す》ぐ突きつけた。

「さあ、あなた。大きく息を吸いなさい」

そう言いつつ、彼女は手を軽くしならせた。たちまち、プシューという気の抜ける音と共に、爪の間から緑色の気体が噴出し、彼の顔面に直撃した。

「……げふっ、げっ、げふっ、ひっ、やっ、やだっ、たすけて……！」

男は苦いものでも食べたかのように、顔をしかめて咳《せ》き込んでいたが――やがて、その咳《せき》が激しくなり、どろりとした血を噴出し始めた。

「おごっ……あ、が……い、びっ……！」

顔を掻《か》き毟《むし》るたび、皮膚が溶解して爪の間に挟みこまれる。ガスマスクの女は、じっとその姿を眺め続けていた。

「じ、ひ……」

そうして、男が死んでただ筋肉の収縮による痙攣《けいれん》を繰り返すだけの存在となってもなお、彼女はその死体を眺め続けていた。


ミスターは部屋を出ると、階段を上って真っ直ぐ一階の入り口へと向かった。護衛の傭兵《ようへい》たちが数人、その後を無言で付き従う。ミスターは無線を取り出し囁《ささや》いた。

「〝ロビン・フッド〟。子供たちは、どこに消えた？」

彼が手にした軍用無線機から、ぼそぼそとした低い声が応じた。

「二人を除いて全員、街に逃げていった……」

「街に逃げた子供は想定通りだ。その二人は？」

「一人は準会員に撃ち殺された。もう一人は入り口で戻って、追いかけてきた準会員の連中を皆殺しにした」淡々とした物言い――生と死が日常的でありすぎたがための無反応。

「……ふむ。それで君は?」

「撃ったよ」

「仕留めたか?」

「いいや。ギリギリで俺の弾を避《よ》けた。肩口に掠《かす》って脳震盪《のうしんとう》は起こせたかもしれんが、それだけだろうな」

「その少年は――何者だね?」

「俺が知りたい。教えてくれ。あの少年は何者だ?」

ミスターはピタリと足を止めた。周囲にいた男たち――ミスターの部下たちもさすがに絶句する。一階の廊下はまさに血の海だった。ズタズタに引き裂かれたスーツ姿の男は教師であろう。ミスターはそう見当をつけた。

それは問題ない。問題なのは、その先にいる人間だったものたちだ。ごみのように捨てられていた。死体そのものは珍しくもなんともない――損壊している訳ではない。一部分割されたものもあるが、ほとんど肉体は揃《そろ》っていた。部下も、殺されていることに驚きはすれど怯《おび》えはない。ミスター――彼だけが、奇妙な感覚を抱《いだ》いた。背中に穿《うが》たれた穴から蛇《へび》が入り込み、背骨に絡まって締め付けられるようなおぞましさ。

無線から、声が虚《うつ》ろに響く。

「現場を見たなら分かるだろう、ミスター？　長年人狩り《マンハント》を続けてきたあんたなら分かるはずだ。そこに広がっているのは、ただの死体じゃない。あらゆる抵抗を許されず、無慈悲かつ酸鼻《さんび》極まりない暴力の痕跡《こんせき》だ」

「……もっと具体的に言ってくれ」

「言うと、恐ろしくなるかもな」

「ふぅむ……」

くっく、と笑うロビン・フッド——ミスターは穏やかな声色を崩さない。恐れているのかいないのか、部下は二人の会話にそっと耳を傾《かたむ》けていたが、感情の揺れ動きがあるかどうかなど見当がつかなかった。

「抵抗がなかったことは分かる」——ミスターの呟き。

「抵抗がなかったんじゃない、させなかっただけさ」——ロビン・フッドの反論。

「どういうことかね？」

「蛙《かえる》は蛇に相対すると、身動きできずに喰《く》われるそうだ。何をやっても無駄、何をやっても殺される」

「瞬間的な催眠術でも使ったと？」ミスターが顔をしかめた。

「いいや、違うね。俺の感覚が確かならば、少年は逃げる側ではなく、俺たちの側にいる」

「……それは困る。獲物は獲物らしくしてくれなければ、会員たちが泣きついてくるだろう」

「そりゃそうだ。だから、撃ってやったんだ」

「避《よ》けられたがね」

「その通り！　素晴らしいぞ、あの少年は。ひょっとすると稀に見る逸材かもしれん！　獲物にするなど、もったいない！」

ロビン・フッドは快活な笑い声をあげていた。

「残念だが、君に渡す訳にはいかない。あれは、会員《メンバー》のものだ」

「予言してやろう。今にあんたは、俺に泣きついてくる。頼むからあいつを殺してくれと懇願する」

「……その予言が叶《かな》わぬよう、鋭意努力しよう」

無線を切ったミスターは血を避けながら、真っ直《す》ぐ歩き続ける。彼もすぐに気付いた。

「ロビン・フッドの言う通り、銃弾が掠《かす》ったようだな」

彼の言う通り、死体だらけの廊下から、わずかに離れたところで血の痕《あと》がてんてんとついていた。その痕跡《こんせき》は、やはり入り口へと向かっていた。

ミスターは護衛の傭兵《ようへい》たちに指示を出した。

「君と君、すぐにここを掃除しろ、私は会員の出迎えといこう」

「はっ」

「映像は送られているな？」

「問題ありません。ただ、GPSを埋め込まれているのは〝カメラマン〟だけです。最初の手術を執刀するはずのスタッフは、絞殺されてました」

手術対象として最初に選ばれたのが、ロビン・フッドの言う〝少年〟だったのが痛かったな

――ミスターはそう思った。

「固まって動いている。一人いれば充分だ。ただ……そうだな、〝カメラマン〟だけは殺さぬよう、ハンターたちに伝えておこう。では、片づけを頼む」

ミスターは傭兵たちに掃除を任せ、三階のゲストルームへと向かった。いくつか、困難な条件が付け加わった。だが、不可能というレベルではない。むしろ、これくらいの手応えがあった方が、会員としても満足するだろう。

ドアを開く――不満げな表情が、たちまちミスターに集まった。顔ぶれを見ているうちに、ミスターはこう考えた――この部屋にいる会員たちが操る富は、果たして世界の何割を占めているだろうか――。

「お待たせいたしました、皆さん。それでは、今大会最後の狩り《ラストハント》の始まりです」

手にした銃を掲げ、男たちは歓声をあげた。

「今回は、アクシデントにより幾つか厄介な条件が付け加わりました。しかし、私は信じています。心から信じています。我がクラブの会員は、ハンティングが困難であればあるほど――闘志を燃やすということを」

§　§　§

吹き飛ばされ、意識が切断された——記憶は途切れる。だが、肉体は無意識下で行動していたらしい。気付けば僕は刑務所の入り口を飛び出し、そのままゆるい下り坂を走り続けていた。振り返ると、刑務所からは一〇〇mほど離れている。少しだけ走る速度を落として自分の体調を確認した。肩がズキズキ痛む——服が裂けてそこから血が滲《にじ》み出ていた。だが、動かせないほどではない。

木の枝が首筋と顔を裂き、血塗《ちまみ》れだ。どれくらいの時間が経過しただろう——もう一度振り返ると、既に例の建物は鬱蒼《うっそう》とした木々に囲まれて、ほとんど見えなくなっていた。双眼鏡で周囲をぐるりと覗《のぞ》くが人の姿は見当たらない。

ククリナイフは——よし、しっかりと握っているぞ。鞘《さや》に納めてズボンのベルトに挟み込んだ。

鼻をひくつかせると、周囲には血の臭《にお》いが漂っていた。猟犬ならば、簡単に後を追跡できるだろう。

ひとまず歩き出しながら考えた——川で洗えば臭《にお》いが消せる、という訳ではない。むしろ逆だ——という話を聞いたことがある。誰が言っていたんだっけ、あれは確か学校行事のキヤンプか何かのときだったから、薀蓄《うんちく》を聞かせたがる藤橋《ふじはし》君か？

川で臭いを消すことはできない、臭《にお》いが染み付いて一層追われやすくなる。

その薀蓄を信じてみよう。そもそも、この近くに川があるかどうかも定かではないのだし。

だが……このままでは猟犬に嗅ぎつけられる恐れがある。さらに、猟犬の背後にいるであろうハンターたちの存在が困る。僕はあやなや矢崎《やざき》たちと合流しなきゃならない。猟犬に追跡されるのだけは勘弁願いたいところだ。

決断、ハンカチで顔や首筋の血をなるべく多く拭《ふ》き取った。それを木の枝に縛りつけ、僕はなるべく大股《おおまた》に、足早に歩き出した。十分間ほどそうしたあと、僕は自分の足跡を辿《たど》ってそっと後ろに戻り、それから横に跳躍した。そうして露骨な臭跡を残し、足跡を消すと僕はひとまず猟犬に追われる危険性は減ったと判断し、山を下って、ふもとに広がる街へと向かった。

昨夜に雨が降ったのか、地面はややぬかるんでいた——冬ならば凍りついて滑ったかもしれないし、まだマシか。空気は綺麗《きれい》に澄んでいた。野生のリスやウサギがちらほらと目に付く。どうやら、ハンターたちは人間専門らしい、こんな小動物には見向きもしないということか。

あやなたちは上手《うま》く、あの灰色の街に逃げ込めただろうか？　一旦逃げ込めば、隠れる場所は容易に見つかるだろう。

不安で不安で仕方がなく、嫌《いや》な想像ばかりが浮かび上がる——だが、僕はそれを一旦《いったん》断ち切って、これから先のことを考え始めた。

　僕たちが取るべき手段は三つ。逃走、迎撃、伝達だ。伝達が一番簡単だ、警察に伝える。だが、僕が思うにそれは一番取ってはならない手段だろう。あの男の言うことを信じる限り、相当大きな組織だ。アンモラルな組織にとって、秘密の保持は命だ――マフィア以上に、徹底した情報管理がされているに違いない。まして、会員は立派な表の顔を持つ者たちなのだ。身よりのない子供たちや病院に寄付をし、庶民のために心を砕き、会社を大きく成長させることに全力を注いでいるだろう。

　表の顔が存在する以上、裏の顔が露呈することは致命的だ。そんな彼らが、会員として、クラブに所属しているのだ。それはクラブに対する絶大な信頼を表わしている。まして、このレントブロアは小国だ……警官全てが買収されている可能性すら、ないとは言えまい。

　逃走、迎撃。これも難しい。このクラブのゲームが成立するためには、いくつか条件が必要だ。クラブが会員を信頼し、会員がクラブを信頼すること。そして何よりもまず――あらゆる事態に対応できるスタッフがいるはずだ。冷酷で、僕たちの命をなんとも思っていないスタッフが。

　ゲームとしてハンターが獲物を追う。獲物は逃げる。逃げ延びたら？　スタッフが獲物を捕獲、始末する。そしてハンターに「残念でしたね」と声をかける。

そう。獲物は逃げられない。僕たちは動物園の中にいるのだ。僕らには智恵がなく、武器は乏しく、翼もない。どの手段も絶望的だった。

だが、選ぶしかない。逃走と迎撃、そのどちらかを。あるいはその両方を。

——あとから考えると、僕はこのとき、薄々ではあるが決断していたのかもしれない。

——己の道筋を。

不意に、あやなに会いたいと思った。考え続けることで忘れていた焦燥がにわかに蘇《よみがえ》る。

護《まも》りたい——心の底からそう思った。そのための苦痛ならば、何だって耐えられるような気がした。

ところで僕は、もう一つ考えなければならないことがあった。なのに、それからは目を逸《そ》らし続けていた。

歯車が噛み合っていた。

人生に充実感が与えられていた。

この状況に恐怖を感じていなかった。

それどころか素晴らしく適応していた。

それら全てから、目を逸《そ》らしてあやなのことを考え続けた。

§　§　§

貴島《きしま》あやなたちは一時間以上走っては歩き、汗だくになりながらもどうにか街に辿《たど》り着いていた。

そこは、灰色の街だった。道路には瓦礫《がれき》が積み上げられ、建物はそのほとんどが崩落間近。明るい色は、恐らく長年の放置によってすっかり拭《ぬぐ》い去られてしまったのだろう。風が吹くたびに鉄の錆《さ》びたような臭気がした。あやなは昔見た戦争映画で出てきた街みたいだ、と思った。凄《すさ》まじい勢いの爆撃を受けて、何もかもが死に絶えた街――。

こげ茶色の鉄柱は、そのほとんどが折れ曲がって道路を塞《ふさ》いでいた。ただ、中央の大通りだけは綺麗《きれい》に片付けられていた。「ああ、そうか。バスは真っ直《す》ぐこの道を走って、山の頂上にあった建物に辿り着いたのか」と思った。

「誰かー！　誰か、いませんかーっ！」館山《たてやま》の叫びを、矢崎《やざき》が慌てて押しとどめた。

「ばかっ！　連中に見つかったらどうすんだ！」

「でもっ、でもっ……」

「こんな街に誰かいる訳ないだろっ！　さあ、こんな目立つ場所に突っ立ってないでさっさと隠れる場所を探すぞ！」

「あやな、大丈夫？」

「うん。足、ちょっと痛いくらい。葉瑠《ハル》ちゃんは大丈夫？」

「あ、うん。……ねえ、あやな。赤神《あかがみ》くんのことだけど」

「……なに？」

葉瑠はしばらくあやなの顔を観察した。ほんの少し、怯《おび》えと敵意めいたものが垣間《かいま》見える。たぶん、無意識だろうけれどあやなは感じ取っている——深山《みやま》葉瑠が彼を恐れていることを。

「ごめん、何でもない。……無事だといいね」

かぶりを振って歩き出した瞬間、あやなはそっと告げた。

「——無事だよ」

「え？」

振り返る——あやなはいつもの笑顔を浮かべている。ただ、一応友人を自称していた葉瑠には、どこかに悲哀が滲《にじ》み出ていることも分かっていた。

「——楼樹《ろうき》くんは、必ず戻ってくる」

葉瑠は、彼女の確信に満ちた発言は自分に言い聞かせているのだと思った。そう思わなければ

ば、精神の均衡を保っていられないのだ、と。だからこそ、悲哀がわずかに混じっているのだと。

「……うん、そうよね。あいつ、結構……頑丈そうだし」

まさか、「上手に人を殺していたし」とは言えず、葉瑠《ハル》は適当にお茶を濁した。

——生きている。絶対に生きている。

あやなは赤神楼樹《あかがみろうき》が生きていることを、あの建物の入り口で別れてから、ただの一度も疑ったことなどない。その点で、葉瑠の予想は外れている。思い込もうとしているのではなく、純粋にそう確信していたのだ。

悲哀が混じっているのは、また別の理由だ。

赤神楼樹はきっと、生きている。

彼は生き残るために全力を尽くすだろう。

自分たちが、世界の悪意に竦《すく》み上がりそうになっているのを横目に、喜びすら感じているかもしれない。

彼はとうとう見つけてしまったのだ、気付いてしまったのだ。

幼い頃から探し続けていたもの——秘めたる己の才能に。

赤神楼樹は、ずっと勘違いをしていた。いや、勘違いというのとは少し違う。思考から外していたとでも言うべきだろうか。彼は才能を探していた……自分の、誰にも負けない、負けたくない何かを。

貴島《きしま》あやなだけが知っていた、正確には記憶していた。彼が探し求めているものの正体を、——分かっていた。それは鮮血と恐怖と密《ひそ》やかな悲しみに彩られた記憶だ。無理をして掘り起こす必要はないと思っていた。

赤神楼樹は優しく、甘く、緩《ゆる》やかで穏やかな人間——だから、信じていたのだ。

彼にはあんなものではない、もっと別の才能があるはずだと。けれど、たぶん彼はもう……気付いてしまったのだ。

「深山《みやま》！　貴島！　こっちだ、来てくれ！」

「うん。あやな、行こう」

葉瑠に手を引っ張られながら、あやなは男子と共に平屋の建物に潜り込んだ。どうやら、壊れる前はレストランだったらしく、いくつもの椅子《いす》やテーブルが壊れて放り出されていた。その陰に隠れて、ようやく五人は一息ついた。

「——今のところ大丈夫だ、人が来そうな気配はない」

はぁ、と溜息《ためいき》をついて矢崎《やざき》はコンクリートの床にどっしりと座り込んだ。全員、周囲を不安げに見回しながらあとに続く。床が冷たいのが苦手なのか、葉瑠《ハル》とあやなはせめてもの慰めに上着を脱いで敷いていた。幸い、初秋のせいか上着を脱いでも多少肌寒い程度だ。

「まあ、休まなきゃやってられないってこともあるけどさ。ひとまず、次にどうするか決めなきゃな」

「で、でも……急いで逃げた方が……」

「逃げるったって、どこへだ?」

館山《たてやま》のおずおずとした問い掛けに、矢崎《やざき》は鋭い目でそう質問した。彼はああ、うぅと口をもぐもぐさせていたが、やがて押し黙った。

「助けを求めなきゃいけないのは間違いないと思う」

あやなの明瞭《めいりょう》な回答に、葉瑠と矢崎は頷《うなず》いた。

「ど、どこへ?　警察?」

横見《よこみ》がどもりがちに尋ねた。矢崎はしばし考えて、首を横に振った。

「難しいな。日本ならともかく、こっちの国の警察が信用できるかどうか……」

「あいつは街を一つ買ったって言ってたわ。ということは、この国の中枢に食い込んでいるのは間違いない」

「ああ。さもなきゃ、バス一台丸ごと誘拐《ゆうかい》なんてできっこない。たぶんだけど、俺たちのバスは事故で全員死亡したって扱いなんじゃないか?　学校や日本政府から死体の回収を求められれば、『もう見分けがつかず、腐敗も激しい』とか何とか言えば誤魔化《ごまか》せる」

矢崎の言葉に葉瑠が頷いた。

「そうね。たぶん、その線だわ。学校は責任が問われるだろうけど、この国の人間は誰一人傷つかない。不幸な事故。みんなは泣いて、嘆いて、ニュースになって世間を賑《にぎ》わせて、それで終わり」

「誘拐……そうだ。が、先生の携帯に連絡できれば」

「ああ。さすがに、学校の先生全員を買収ってのは難しいだろう。どうにかして連絡を取らなきゃいけない」

「みんな、携帯は持ってない？」

全員が自分のポケットを探り、首を横に振った。

「……やっぱ、連絡手段はないか。上手《うま》い話はねえよな」

「携帯があったとしても、電波が来てるかどうか怪しいものだけどね」

「僕の携帯、買ったばっかりだったのに……」

横見がっくりと肩を落とす。矢崎や葉瑠が呆《あき》れ顔で彼を見た。

「命が助かっただけでも儲《もう》けものだよ。よし、とにかく携帯でも何でもいい。探して連絡を取ろう」

「――でも、どうやって？　携帯の番号なんて、覚えてないよ」

「待って。泊まってたホテルの番号ならいざというときのために何とか暗記してるわ。名のらずに、先生を呼びましょう。渋谷《しぶや》先生なら、きっと何とかなると思う」

「なんで名前を出さないんだよ？」

「ホテルの人間が買収されている可能性だってあるでしょ。この国の人間は誰一人信用できないわ」

「とにかく……無線でも公衆電話でもパソコンでも。とりあえず使えそうなものを片っ端から探してみよう」

「そんなもの、この街にあるかなあ……」

「あってもなくても、この街に留まる訳にはいかない。ここは死んだ街で、狩り場なんだ。全力で逃げなきゃ、俺たちには先がない」

矢崎《やざき》の言葉に、今さらながら追われていることを自覚した人間が、ぞっとするように身を竦ませた。沈黙がしばらく続いたあと、横見《よこみ》がぽつりと呟《つぶや》いた。

「赤神《あかがみ》……生きてるかなぁ」

「だ、大丈夫だって！　なあ、貴島《きしま》。あいつ、こっそり何かやってたんだろ？　その、格闘技とか……武道とかさ」

「え？　……う、うん。たぶん……」

あやなは咄嗟《とっさ》に言葉を濁した。正直に言うと、彼は格闘技の経験など皆無だ。武道もほとんどない。剣道や柔道を学校の授業で少しやった程度だろう。喧嘩《けんか》ですら、中学に入ってからは恐らく一度もないだろう。

だが、それを言っても彼らは信じないだろうし、信じたら信じたで「殺された」と決めつけるだろう――とあやなは思った。

「そうか、そうだよな。あいつ、最初から怖がってなかったし。俺たちも負けてられねぇ。よし、館山《たてやま》、横見。厨房に行って、武器とか食料がないか調べてみようぜ」

「えぇ？　ある訳ないじゃん、そんなの……」

「ナイフくらいなら残ってるかもしれねーだろ。ないよりゃマシさ」

矢崎は立ち上がり、二人を従えるようにして厨房へと向かった、どことなく浮き足立っている様子の矢崎に葉瑠《ハル》は呆《あき》れたように溜息《ためいき》をついた。

「気楽ね……」

「でも、だからここまで来れたんじゃないかな？　矢崎君が率先してみんなを引っ張ってくれたから」

「……それは分かってる。……ね、ねぇあやな」

「うん？」

「み、みんな……みんな、死んじゃったんだよね？　アミも、葉子《ようこ》も、清美《きよみ》も、みのりも、蘭《らん》も、唯子《ゆいこ》も、みんな……」

「……たぶん、ね」

あのアメリカ人は嘘《うそ》をついていない——あやなは思った。あの場の状況は、決して嘘が許されるものではなかった。何しろ、楼樹《ろうき》が眼前にいたのだから。男は怯《おび》えきっていた。それもそうだろう。彼の自分の精神を奈落に突き落としてしまいそうな表情は、凡人が耐えられるはずもない。

「怖いよ、怖いよ、怖いよ……」

今さらながら恐怖を自覚したのか、震え始めた葉瑠《ハル》をあやなはしっかりと抱き締めた。気丈な葉瑠ですらこうなのに、人一倍怯えがちなあやなは、どうして正気を保っていられるのだろうか、などと思った。

理由は彼女自身にも分かっていた。信じている——赤神《あかがみ》楼樹を、信じているからだ。彼は生きていて、必ず駆けつけてくれると。ただ、その信じるということは、彼女にとっても彼にとっても、実に心苦しいことだった。

「うぁぁぁぁぁぁぁぁぁぁぁっ！」

誰かの絶叫——葉瑠とあやなは顔を見合わせ、慌てて厨房へ駆け出した。

横見《よこみ》が青白い顔でぼうっと立ち尽くしている。

「ど、どうしたの!?」

葉瑠の声に、震えながら彼は指さした——その方向に目線を向け、二人とも息を呑《の》んだ。

巨大な冷蔵庫の中に、いくつもの死体があった。扉の前で、矢崎《やざき》と館山《たてやま》が腰を抜かしている。

吊《つる》された死体は千差万別だった。

男女老人子供——全員が、体に霜を纏《まと》わせている。数は……四十人くらいだろうか。

頭がない者もいる、肩口からごっそり存在しない者もいる、床には滴《したた》り落ちたらしい血がドス黒い染みを作っていた。

「あ、あ、あ……なんだよ、これ……」矢崎の愕然《がくぜん》とした呟《つぶや》き。

あやなは自分を抱き締める葉瑠を引き剝《は》がし、恐る恐る近づいた。嫌《いや》な予感がして、たまらない。怖くて仕方ないが、冷凍室の中に入って死体を一つ一つ念入りに観察する。六体目で発見した——発見したくなかったものを。

「美貴《みき》ちゃん……」

「え、美貴ちゃんって……山野辺《やまのべ》美貴？」

金属フックで吊《つ》り下げられた少女は、まさしく山野辺美貴だった。腹部に大きな穴が穿《うが》たれ、目は見開いたままだ。

「こ、こっち……平川《ひらかわ》だ」

同じように金属フックに背中を突き刺された学生服の少年を指さし、矢崎が呆然《ぼうぜん》と呟《つぶや》いた。

隣には、首と足のない制服の女子生徒……体格から考えると、陸上部の守岡《もりおか》さんかも——とあやなは考えた。

自分がまったく見知らぬ人間もたくさんいる……人種も性別も年齢も異なる彼らの共通点はただ一つ――死んでいるということ。

あやなはくるりと振り返って、冷蔵庫を元通りに閉めるとすぐに矢崎《やざき》と横見《よこみ》を立たせた。厳しい目で、四人に告げる。

「ここは危ない。電気が通っている。早く逃げないと、ダメ」

その言葉に、ようやく矢崎が再起動した。電気が通っている冷凍室――それはつまり、誰かがこの冷凍室を有効活用しているということであり。それはつまり、この場所は決して死に絶えた場所ではないということだ。

「そ、そうだ……急ぐぞ！」

全員が立ち上がり、慌てて外へと飛び出した。葉瑠《ハル》とあやなは手を繋《つな》いで走った。矢崎は震える手でサブマシンガンを構えながら、通りに何か動くものはないかと必死に探している。横見は丸まればいいとでも考えたのか、しゃがみながら小走りで走っていた。

ただ一人、館山《たてやま》は足をもつれさせていた。必死で走っているつもりなのだろうが、他からぐんぐんと引き離されていく。

「おーい、待ってくれよー！　おーい、おーい！」

置き去りにされてしまう、という恐怖が全身を貫き、彼の足はますます鈍った。瓦礫《がれき》を乗り越えて、路地裏の陰に隠れたあやなたちはあとから追いついてくるはずの三人を待った。

横見が飛び込み、次に矢崎が追いついた。だが、館山はまだ道の真ん中をもたもたと歩いていた。

「何やってんだ、馬鹿！」

「待って……ねえ、待って……あ、足が、足が、畜生、もつれ……」

矢崎が飛び出す——もはや待ってはいられない。苛立《いらだ》たしさを抑えつけながら、彼の腕を引っ張ろうとして——気づいた。

「な……おい、館山、何だ、それ」

右足から、黒い棒のようなものが生えていた。藍色《あいいろ》のズボンの裾《すそ》がぬらりと光っていた。

「い、いだくて、さ、さっきから、さっきから、なんか、足、動かなくて——も、もつれて」

「伏せてぇぇえっ！」

あやなの絶叫に、矢崎は咄嗟《とっさ》に大地へ体を伏せた——。ヒュッ、という風切り音に身を強《こわ》張《ば》らせる。伏せた矢崎の頭上から、悲鳴があがる。見上げれば、館山の左腕に黒い棒——矢が突き刺さっていた。動かなくては……動かなくては！

「あ————っ！」

叫びながら、咄嗟《とっさ》に体をごろりと回転させて矢が放たれた方向へサブマシンガンの銃口を向け、銃爪《ひきがね》を引いた——カチリ。

「……っ！　くそ、くそっ！」

安全装置が解除されていない。ええと、どうするんだっけどうするんだっけええと、ええとええと——。

「何やってんのよ、馬鹿っ！」

矢崎《やざき》は何者かに足を掴《つか》まれた——ひっ、と恐怖に引き攣《つ》った声を上げるが、足を掴んだのが、深山葉瑠《みやまハル》だと分かると、安堵《あんど》した。その途端、安全装置の解除方法を思い出した。狙《ねら》いを適当につけて、一発撃った。空気が弾けたような轟音《ごうおん》に、耳が痺《しび》れた。葉瑠が耳を塞《ふさ》いでしゃがみこむ。

「行こう！　館山《たてやま》、お前は——」

そう言いかけて矢崎は絶句した。館山の体には、いつのまにか全身ハリネズミのように矢が突き刺さっていた。矢崎は立ち上がると、葉瑠の腕を掴んで路地裏に転がり込んだ。

「た、館山……」

横見《よこみ》が悲しみを堪《こら》えるような声で囁《ささや》いた。館山はまだ生きている。目をぱちくりさせ、何とか歩こうとしていた。首に、腕に、頬《ほお》に、背中に、脇《わき》に、足に、矢が突き刺さっている——。その壮絶な光景に、あやなは泣き出した——恐怖ではなく、憐憫《れんびん》で泣いた。

「………か、ぁちゃん」それが、館山の最期の言葉だった。

あんまりだ。あんまりすぎる。どうしてこんなことができるのだ——！　館山の目から光が消え、どうと倒れた。

四人とも、呼吸することもできなかった。目の前で、クラスメイトが殺された――なのに、何にもできないどころか、この場を逃げなければならなかった。逃げる？　どこへ？　どこへ逃げればいい？

最初にその声を聞いたのは、葉瑠だった。聞き慣れた吠《ほ》え声――犬だ。犬？　野犬か、それともあるいは――猟犬か。

「い、犬よ！　行きましょう！」

走らなくてはならなかった。犬たちより早く、走らなければならなかった。パニックに陥った彼らの中で、比較的冷静だったあやなは追いつかれることを確信していた。判断――犬たちは自分たちより足が速い――判断――迎撃するしかない。

「矢崎くん！　撃って、犬！　追いつかれちゃう！」

「あ、ああ……！」

吠え声はみるみるうちに近づいてくる。矢崎がサブマシンガンを構え、犬に当たりやすくなるよう、しゃがんだ。葉瑠とあやながくっついた。横見は恐怖のせいか、少し彼らから離れた場所に位置していた。

ワン、というような可愛《かわい》らしい声ではない。低く、大きな唸《うな》り声は完全にこちらを敵と見なしているようで、魂が寒々しく凍えるようだった。

「……来るわよ」

矢崎《やざき》はごくりと唾《つば》を呑《の》んだ。路地裏の角を曲がり――四頭の犬が凄《すさ》まじい勢いで突進した。犬種は素人のあやなでも分かった――ドーベルマン。だが、写真などで見るよりずっと大きく、ずっと獰猛《どうもう》だった。

黒く、しなやかな体躯《たいく》で走り抜く様は、巨大な銃弾のようだ。

矢崎は猟犬の、あまりにも酷薄な表情に魅入《みい》られた。しなやかな四肢が縮み、伸びる。ただそれだけで、犬は跳躍せんばかりの走りを見せる。

矢崎は無我夢中になって銃爪《ひきがね》を引いた。狭苦しい路地に銃声が響く――外れた。もう一度銃爪を引く――外れた。焦りの中、思考がフルオートで撃てばいい、と告げた。

慌ててセレクターを切り替えようとする――焦って手が滑る――猟犬が跳躍する。パニックで思考が凍りつく、何かをするべきなのに何をすればいいのか定まらない。

そして獰猛《どうもう》な銃弾が――矢崎の腕に喰らいついた。

「いっ……でえええええええええっ！　ああ、畜生、離れ、離れろっ！　ああ、くそっ、くそぉっ！」

銃を握りしめていた右肘《みぎひじ》に、足に、そして肩に猟犬の牙《きば》が食らいついていた。

「矢崎！」

葉瑠《ハル》が慌てて猟犬を蹴《け》り飛ばすが、勢いよく蹴ったはずなのに鋼のような肉体はびくとも動かない。ただ、牙で食らいつきながら彼女の方を睨《にら》むだけだ。

矢崎には三頭で充分だと判断したのか、あるいは葉瑠の攻撃によって彼女を敵と認めたのか、四頭のうちの一頭が一旦《いったん》離れた。唸りながら、葉瑠を睨む。その凶暴な視線に、葉瑠はたちまち怯《ひる》んだ。明瞭な殺意──お前も嚙み殺してやろうかというそれは、彼女を怯《おび》えさせるには充分だった。

「いやっ……」

「葉瑠ちゃん、どいて！」

制服の上着を脱いで右腕に巻き付けたあやなが葉瑠の前に進み出た。構わず飛びかかってきた猟犬は、突き出された腕に嚙みついた。暴れる犬を、あやなは右腕に力を込めて押さえ付けた。だが、それだけだ。一頭防いだだけでは他にどうしようもない。

「う、くぅっ……！」

「このっ、このっ、離れなさいよっ！」

葉瑠が渾身の力を籠《こ》めて犬を殴るが、相手は怯《ひる》むことがない。あやなが右腕に巻いた制服にぐいぐいと牙が食い込んでいく。

「く、そっ……！」

矢崎が口から血を吐き出し、血の臭《にお》いが周囲に漂い始めた。ますます猟犬が興奮する。あやなは必死に猟犬を引きずろうとするが、強靱《きょうじん》なあごの力で犬は暴れ続けた。

「逃げ……逃げてっ、葉瑠ちゃん、逃げてっ、早くっ、早くっ。横見《よこみ》くんも、何やってるの！　葉瑠《ハル》ちゃんを連れて先に逃げてエッ！」あやなの絶叫。

「嫌《いや》だ！　絶対、そんなの、やだ、やだっ……！」葉瑠は駄々っ子のように泣きながら、首を横に振った。

「あ、ああ……」横見《よこみ》は、そもそも逃げるという発想すら浮かばないらしい。両手を突き出し、ただ震えている——恐怖で失禁したのか、アンモニアの臭《にお》いが漂い始めた。

ふと、あやなは猟犬の牙《きば》が食い込む力が弱まった気がした。そのせいで、思い切り押し倒そうとしていた彼女は、強《したた》かに腰を打ち付けた。

「いったぁ……」

が、襲いかかってくるはずの猟犬はあやなの右腕を解き放っていた——目が合う。きょとんとした表情で、犬たちはしばし彼らを見つめていたが、やがて慌てたようにぐるりと背中を向けると、走り去っていった。

「……え？　あれ？　ど、どうしたの？」葉瑠は目の前の光景が信じられなかった。苦痛《いだ》で失神しそうな矢崎《やざき》も、そして横見も同じだった。ただ一人、あやなだけがある種の確信を抱いた。

「楼樹《ろうき》……くんだ」

§　§　§

木の枝に、ロープが引っかかっていた。首を吊ったためなのか、輪が作られている。誰が使ったものかは……あまり考えないことにしよう。

それよりも、いいことを思いついた。

僕はいくつか重量のある石を拾い上げると、枝からロープを外して三分割した。ロープの一方に重い石をしっかりと縛り付け、もう一方で三本のロープを結んで……完成だ。頭上で回転させて投擲《とうてき》する――いわゆるボーラと呼ばれる狩猟武器だ。

試しに太い枝に向かってそれを投げ放ってみた――ぐるぐると絡まり、たちまちの内にその枝へロープがまとわりついた。よし、うまくいった。

僕は少し苦労して、それを枝から引き剝《は》がすと山の麓《ふもと》から大きく迂回《うかい》して街へと入り込んだ。耳を澄ます――音はほとんど聞こえない。銃声や悲鳴はない、静かなものだ。壁にぴたりと張り付きながら、僕は進んでいく。

街は、瓦礫《がれき》が山のようにうずたかく積み上げられていた。半壊したビルが、そこかしこに点在している。壁を蹴《け》り飛ばせば、一気に崩壊してしまいそうだ。

確か、尋問したあのアメリカ人が――クラブは街を買ったと言っていたっけ。だとするなら、この街は恐らく独立戦争時に破壊されたものであり、十年は放置されていることになる。こんな状態で放置すれば、コンクリートの風化も早いだろう。

あちこちに黒い染みのようなものが見える。そっと触ると、何となくそれが血の痕だと分かった。恐らく、死体を片付けたとしても壁を拭《ふ》くまではしていないのだろう。その壁には真新しい血があった——嫌《いや》な気分になった。この血は、よほどの頻度で狩り《ゲーム》を行っていない限り、僕のクラスメイトの誰かである可能性が極めて高い。

恐らく、本来はこの街から狩りが始まるのだ。あの刑務所みたいな建物に収監され、数人のグループに分けて運ばれ——そこまで考えたところで、僕はふと一つの疑問が浮かんだ。

あの医務室（と呼ぶには、あまりに不衛生だったが）で、僕は一体何をされようとしていたのだ？　拷問《ごうもん》——いや、違う。あのスタッフは、僕が麻酔で眠っていると思っていた。拷問をされる以上、僕は苦しまなければならない。だから、拷問である可能性は低い。となると、何だ。外科手術か？

冗談のようだった考えが、ある一点で急に具体性を帯び始めた。……手術、手術か。ああ、そう言えばあの準会員は確かに言っていた。その考えが正しければ——うわ、最悪だ。外科手術を執り行わなければならない可能性がある。だが、他の人間からあのとき何があったかを、もう少し具体的に尋ねなければならない。

「……っ！」僕は猛犬の咆吼《ほうこう》に、反射的に身を屈《かが》めた。だが、犬の鳴き声は僕から遠ざかっていく。判断——走り出した。

これが狩り《ゲーム》だとするならば、広大な街において犬を使うのは不思議ではない。むしろ当然ともいえる。何より、鍛《きた》え上げられた犬の獰猛《どうもう》さは普通の人間の想像を凌駕《りょうが》する。僕だって、テレビか何かのドキュメンタリーを見ていなければ、さほどは焦っていなかったかもしれない。

犬の嗅覚《きゅうかく》は、人間のそれを遥かに上回る。一旦《いったん》、「追え」と命令されればどこまでも追っていくだろう。低い唸《うな》り声は人間の意識をひどく混乱させる——強烈なまでの敵意が、行動を鈍らせる。そして、一旦嚙《か》みつかれれば離れることは滅多にない。そのくせ、彼らは決して獲物を殺さない。獲物の生死をぎりぎりのところでコントロールする。

つまり。この街には僕以外の獲物がいる。それが誰なのかは考えるまでもない。だから、気付かれる危険性が高まることを承知の上で疾走した。

半壊した建物——元は雑居ビルのような建物が目の前にあった。僕はその壁を摑《つか》み、フリークライミングの要領で登り始めた。恐怖はない、わずかな出っ張りで体を支えながらビルの壁面を駆けあがった。

実のところ、なぜ自分でもこんなことができるのか——理論では理解できていない。僕は、ただの一度も山になど登ったことがない（学校の遠足は別としてだが）。ただ、今の僕ならばできると確信していた。なぜなら、この行為が戦うために必要だからだ——戦うためならば、相手を殺戮《さつりく》するためならば、今の僕は何でもこなせる。筋肉と神経と細胞が、それを求めている。

屋上三階まで上り切った僕は、ぱらぱらと崩れる床にわずかな焦りを抱《いだ》きつつ眼下を覗《のぞ》き込んだ。

「……いた」狩人《ハンター》たちが、談笑しながらハリネズミのようになった館山《たてやま》の周囲を取り囲んでいた。全員、白人っぽく見える。だが、どこの国の人間か区別をつけることは難しい……まあ、この際、人種や国籍も関係ないか。

犬はいない。だが、彼らの何人かが片手にリードを持ちっぱなしだった。恐らく、先ほどのタイミングで解き放《はな》ったのだろう。銃声——二発、三発、それ以降は聞こえなくなった。村《むら》上《かみ》先生のサブマシンガンとほぼ同じ音だった。同じ種類を持っているということは、少なくとも誰かが生きている……はずだ。だが、当たったかどうかを考えるとはなはだ疑問だ。たとえ矢崎《やざき》に銃を撃った経験があったとしても獰猛《どうもう》な猟犬を相手に銃弾を当てるのは至難の業《わざ》だろう。

つまり、あまりゆっくりとしてはいられない。僕は先ほど作成してベルトに吊《つる》していたボーラを頭上で振り回し始めた——人間は四人、固まっているので、中央を狙《ねら》おう。上手《うま》くヒットすれば、混乱を撒《ま》き散らせる。

投擲《とうてき》——ほとんど同時に、ククリを引き抜いた僕は三階から飛び降りていた。両足を伸ばし、まっすぐ落ちていく。視界の端にちらりと、ボーラが絡まって混乱する男たちが見えた——。落ちた瞬間、膝《ひざ》を勢いよく曲げて地面を転がる。二回、三回と転がったと同時に跳ね起きた。

「……」迷わず疾走。最初に僕に気付いた太り気味の男は、ボーラに絡まっていて身動きが取れなかった。次に気付いた眼鏡《めがね》をかけた若い男も同じだ。三人目は、二人に絡まったボーラを何とかしようと四苦八苦しており、四人目は——僕が接近するまでまったく気付いていなかった。

最初に僕に気付いた男の首を刎《は》ね、四苦八苦していた男の脳天を叩《たた》き割り、絡まっていた眼鏡の男の首を肉厚の峰で叩き折った。最後に残った男がのろのろとした動きでこちらにクロスボウを向けた。懐に入り込み、そのクロスボウを奪い取った——着地してからここまで、およそ二十秒。

生き残った男は怯《おび》えて、へなへなと座り込む。彼の胸に、笛があった。犬笛だろう。僕はクリナイフを首筋に当てて告げた。

「犬を呼べ」

僕の言葉に、男はぽかんとした。話している暇はない、いらつきを全身から発散させつつもう一度告げた。

「犬を呼べ、その笛で」ようやく合点がいったらしい男は、無我夢中で笛を吹いた。男の喉《のど》を靴で蹴《け》り上げ、しばらく悶絶《もんぜつ》させておく。果たして、数秒もしないうちに犬の吠《ほ》え声がこちらに近づき始めた。

犬が路地から飛び出してきた。戸惑いと怒り、そして見知らぬ僕に警戒をするために凄《すさ》まじい勢いで突貫してくる。僕はただ、彼らを見据えた。犬は僕を睨《にら》みながら吠えて、吠えて、吠えて——ぴたりと、吠えるのをやめた。犬たちは、僕から目を逸《そ》らすと無言でその場に座り込んだ。

「な……ん…………だ…………いっ、いった、い……なん、なんだ……？」生き残った男の呟《つぶや》き。僕はしばらく考えて、彼に絡まっていたボーラを外し、その代わりに犬のリードでぐるぐると彼を縛り付けた。それから、伏せた犬一頭一頭の頭を軽く撫《な》でて手のひらの臭《にお》いを嗅《か》がせた。

立ち上がる。殺さないことで、僕が臆病風《おくびようかぜ》に吹かれたとでも勘違いしたのか、男が叫んだ。

「バカ野郎！　貴様いったい、誰を殺したか分かっているのか!?　お前に首を切られたのは、アメリカ合衆国の上院議員だぞ!?　そしてわたしはジェネラル・シェパーズの副社長だ！」

ジェネラル・シェパーズ……ええと、ええと、どこかで聞いたような……ああ、アメリカの薬品メーカーか何かだったよう……な、違ったっけな。まあ、この際どうでもいいんだけど。というか、首を切られたのは上院議員なのか。そう言われても困る、さすがにアメリカの上院議員の顔を覚えている訳ないし。というか、この状況で地位や肩書きは意味がないよな。

まあ、混乱した人間が最後にしがみつくのは己の誇りであるのかもしれない。

クロスボウと、肩紐《かたひも》のついた矢筒を拾い上げた。生き残った矢崎《やざき》たちが使えるなら、それに越したことはない。それから、生存に一番重要な水筒をあるだけ持っておくことにした。

「お前らの命はわたしたちが買ったんだ！　糞野郎《くそやろう》、貴様の首を……いや、剥製《はくせい》だ。生きたまま捕まえて、剥製にしてやる！　クラブハウスのトイレに飾ってやる！」もう、うるさい。

僕はククリの峰を顔面に打ち込み、鼻をへし折った。鼻から下が、血で真っ赤に染まった男にもう一撃。今度は両目がひしゃげて潰れた。もう三度ほど殴ると、男は絶命していた。手が血で真っ赤だが……気にしないことにする。

死体を置いて、僕は走り出す。先ほど犬が飛び出してきた路地に入り込み、角を曲がった。どこにも姿が見えず、おまけに路地はいくつも道が分かれている――。

「あやな！」叫んだ。「あやな！　あやな！　僕だ！　僕だよ！」。立て続けに名前を呼んだ。あやな以外の名前を呼ぶのが怖かった。あ、あやな以外の名前で呼んだときに返事をされるのが怖かった。だから、あやなの名前を叫び続けた。

「……楼樹《ろうき》くん！」あやなの声――左を振り返る。あやな、矢崎、深山《みやま》さん、横見《よこみ》がそこにいた。僕は真っ直《す》ぐ彼女の元に向かう――右腕に、擦過傷《さっかしょう》があった。制服の上着は猟犬を防ぐのに使ったのか、見事にボロボロだ。

心の底から安堵《あんど》し――同時に、残り三人の危機的状況にも気付いた。

「赤神《あかがみ》くん……！　どうしよう、どうしよう……！」深山《みやま》さんは目に涙を浮かべながら、矢《や》崎《ざき》の傷口を押さえつけていた。矢崎は、意識がないらしい。

「矢崎は……」「私たちをかばって、犬に噛《か》まれて……！」矢崎のブレザーは、獰猛《どうもう》に育て上げられた犬の牙《きば》を防ぐほどの頑丈さはなかったらしい。血が滲《にじ》み出ていた。

「ど、どうしよう。狂犬病とか……」「大丈夫。あいつらは猟犬だ。狂犬病だったら、誰彼構わず襲ってるよ」僕の言葉に、深山さんはほっと息をついた。

「そうね……そうに決まってるわよね」僕は矢崎の傷を見た――ひどい傷だ。だが、ぎりぎり致命傷は避けてある。完全に攻撃に特化させて育ててしまうと、獲物を勝手に食い殺すようになってしまう。それはまずいからだろうな。

僕はとりあえず、クロスボウを地面に置いた。矢崎の傷口を調べ、ズタズタに引き裂かれた腕を見て、手の施しようがないことを悟る。ひとまず出血を止めるために、三人からハンカチを借りた。

とにかく、水筒の水を使い切るつもりで三つの噛み傷を洗い流すことにした。唾液《だえき》と病原菌が一番の天敵だ。水筒を一つ残して、全てを彼の傷口を洗うのに使った。それから、ハンカチできっちりと止血した。

「矢崎、破傷風とかのワクチンは受けた？」「う、受けた……出る前に、ちゃんと。親が不安がってたんで、仕方ねーなって……」僕は安堵《あんど》した。矢崎の両親に感謝だ。

「お、置いていけ。迷惑、かけるから」矢崎が泣きながら言った——が、この状態で置き去りにするほど、僕は無神経ではない。

「横見《よこみ》、矢崎のサブマシンガン持ってくれ。それから、深山さん……これ、使えるかな？」

僕が手渡したクロスボウを見て、彼女はぎょっとした表情を浮かべた。

無理もない、迷彩色を施《ほどこ》された大型のライフルみたいな形をしている。おまけに、狙撃《そげき》用のスコープまで取り付けられ、鏃《やじり》は鋭くギザギザに尖《とが》っているという、凶悪極まりない武装だった。

「つ、使えるかって……」「使えない？」「わ、分からない。アーチェリーはやったことあるけど、か、形が全然違うし……！」

矢崎を背負い、僕は言った。「連中が襲ってきたら、背中から落とすかもしれないから。頭だけは大丈夫な方の腕で庇《かば》って」矢崎は頷《うなず》き、蒼白《そうはく》な表情で僕の背中にもたれかかった。僕たちの背後で、深山さんがクロスボウを構えて矢筒を背負った。

「……何とか使えると思う。で、でも当てにしないで！」「分かった。ありがとう。深山さん、行く場所とか決まってた？」彼女は無言で首を横に振った。なら、僕が行き先を決めよう。

「横見。先頭頼む。あやなは僕の横に」横見はひどく嫌《いや》そうな顔をした。まあ、無理もないのかな。ただ、嫌がっていても仕方がないことくらいは分かるらしく、渋々と進み始めた。

「あやな。何かに襲われたときは思い切り伏せて。それから、あいつらがいない方角を探して僕に伝えて。それ以外は絶対に考えなくていい」

「わ、分かったよ。うん、頑張る」あやなが握り拳《こぶし》を震わせた。これでいい、最低でも誰か一人は脱出経路を落ち着いて考える人間でなければならない。そんな人間は武器を持ってはいけない。この状況で選択肢を与えてしまえば、あやなに限らず誰でも混乱するだろう。だから、彼女は大地に伏せて逃げることだけを考えさせた方がいい。

そうして、僕たちはとぼとぼと歩き出した。先頭を歩く横見《よこみ》は時々後ろを振り返り、僕が背負っている矢崎《やざき》にサブマシンガンの操作を教わっている――矢崎は、苦痛に呻《うめ》きながらも分かりやすく説明した。深山《みやま》さんは、不安げに後ろを何度も何度も振り返りながらクロスボウの操作を覚えようとしている。

「館山《たてやま》くん……残念、だったよね」あやなが僕の横で、寂しそうに呟《つぶや》いた。その言葉に、三人がはっとしたような雰囲気が伝わる――たぶん、生き残ることに必死だったせいで忘れていたのだろう。

「そうだね。……でも。とりあえず敵は討ったから」僕の言葉に、あやなは無表情でこくりと頷《うなず》いた。

僕は、館山とはすごく仲がよいという訳ではなかったと思う。ただ何となくおしゃべりしたことが何度かあるくらいだろうか。――それでも、クラスで陽気に朗《ほが》らかに笑っていた彼を思い出すと、胸に黒炎のような怒りと氷のような悲しみが同時に沸き上がった。

（そうだ。忘れちゃいけない。これを聞いておかないと……）。歩きながら、僕はあやなに尋ねた。

「あやな。確か、誘拐《ゆうかい》のときってあやなが一番最初に目を覚ましたんだよね？」その問い掛けに、あやなは頷いた。

「うん。それがどうかした？」僕はそのときの状況を――特に、あの部屋に収監されてからの状況を教えてもらうことにした。

「えっとね。目が覚めてたっていっても、体は動かなかったし視界も全然はっきりとしなかった。でも、何となく誰かがいるのは分かった。楼樹《ろうき》くんや葉瑠《ハル》ちゃんがいるのも、ぼんやりと分かった。葉瑠ちゃんはいつもつけてる香水の匂いがしたし、楼樹くんは……えっと、勘」

あやなの勘は――たぶん、当てになるだろう。

「それからね。もう一人、誰かが連れて来られたと思う。一度あの扉が開いて、その後すぐに閉まったから。その人は、どこかにぺたんて座った……気がした」

「誰か分かる？」あやなは僕の問い掛けに、首を横に振った。

「全然分からない」

「それから、どうなった？」「それから、すぐに楼樹くんが連れて行かれたみたい」

僕はあやなじゃなく、他の三人にも問い掛けた――誰か、おぼろげにでも記憶している人はいないだろうか。

「連れて来られた誰か、って分かる？　あるいは、自分だと思ったらそのときのことを思い出してみてくれないかな」僕の問い掛けに、三人は首を横に振った。

「全然覚えてない」が三人の共通見解だった。つまり、僕の考えた推理は外れたか、あるいは当たっていたとしても、既に無効化されているらしい。

「でも、それがどうかしたの。楼樹《ろうき》くん」

「……落ち着いたら、話すよ。ひとまず安心だと思うから」

気付けば、うっすらと陽が落ち始めていた。僕たちは曲がりくねった路地裏を歩き続けた。なるべく表通りに向かわぬように注意して、コンクリートの建物と瓦礫《がれき》の狭苦しい間を密《ひそ》かに進み続けた。そうして、五キロほど進んだだろうか……僕たちは三階建ての小さなビルにそっと入り込んだ。一階の壁はあちこちが崩れてどこからでも外へ出ることができ、追い詰められることがないというのが選んだ理由だった。僕たちは二階まで矢崎《やざき》を運ぶと、奇跡的に残っていたソファーに彼を乗せた。その後、一階に向かうと部屋の片隅に空になった缶詰を発見した。缶自体は比較的真新しい――どうやら、ハンターたちが食べたものらしい。

その空き缶に小さめの瓦礫を突っ込み、カラカラと音が鳴るようにした。それを、靴下をばらして作った糸に縛り付け、建物の入り口に仕掛けた。糸を踏む、もしくは糸が切れると空き缶が落下するか跳ね上がって、かなり大きな音を立てた。

「これでいい」「……なあ、こんなのどこで習ったんだ？」

習ってない、と言おうと思った。もちろん、今まで読んだり見たり体験したりした何かが僕の内部で根付いているのかもしれない。だが——僕はそれを思い出すことなく、ほとんど無意識にやっているようだった。

殺人にしてもそうだ。あの三階からの降下にしてもそうだ。だが、僕は横見《よこみ》の問い掛けに曖昧《あいまい》な笑みを浮かべて首を横に振った。彼は、何となく気味悪げに僕から離れた。

「寒いと思うけど、火はつけられない」僕の言葉にあやながしゅんとした。深山《みやま》さんが、そんな彼女をしっかりと抱き締めた。

「ほら、ぬくいでしょ」「ありがとぅ」えへへー、とあやなは呑気《のんき》な笑顔を見せ、こんな異常で過酷な状況にもかかわらず——場の雰囲気が和んだ。

「な、なあ。さっきの話って何だ？」横見の問い掛けに、僕は頷《うなず》いて語り始めた。

「この街さ、結構広いだろ？」当たり前のことを言っている、という深山さんの表情。僕は続ける。「僕たちのグループがえっと、村上《むらかみ》先生も含めて七人。これは、クラス全体を五等分したと考えてまず間違いないと思う。つまり、この狩り《ゲーム》は約七人か八人の人間を四、五人の会員が追跡する、というのがパターンなんだろう。ただ、この街から〝獲物〟が完全に逃亡するのを防ぐために、傭兵《ようへい》みたいなの——建物にいたような連中は雇用されていると思うけど」

「うん、それは分かった」あやながこくんと頷く。「だからさ、この街は広すぎるんだよ」

地面に僕は大きく丸を描き、次に点を五つほどつけた。

「僕たちの狭い学校ですら、逃げ出そうとする五人を捕まえるのは難しいと思う。まして、この瓦礫《がれき》の山で視界が悪い状態だと尚更《なおさら》だ」

「で、でも。犬がいるじゃない?」「うん。でも、僕らは人間だ。逃げる獲物はどこかで武器を持てるかもしれない。いや、武器なんてそこら中に転がっている。瓦礫で殴れば犬だって倒せるさ。だから、追跡の手段が必ずもう一つあると思ったんだ」

僕の言葉に、全員が注目した。横見《よこみ》が顔面を蒼白《そうはく》にして、おずおずと尋ねた。

「つまり……?」「つまりさ。あいつらは僕らの体にGPS装置を仕込む気だったんだと思う」

「じ、GPS……!?」立ち上がりかけた深山《みやま》さんを、手で制止する。

「大丈夫。たぶん、僕が最初に手術をされる予定だったはずだから。それが狂ってしまった以上、問題ないはずだから」僕が最初に殺したあの二人は言っていた……最後のグループの、最初に手術を行う人間が僕であると。そしてその手術をする前に、僕は目覚めた——体のどこにも痛みはなく、何かを仕込まれた様子もない。

「本来は、全員の体にGPSを埋め込んで追跡する気だったんだと思う。僕らがおろおろと出歩いているときは先回りできるし、こうしてどこかのビルに籠《こも》れば奇襲もできる。ゲームで一番楽しいのは、見えない獲物を追うことじゃなくて、見えている獲物を追うことだから」

「お前が受けてないなら……ひとまず安心ってことだよな?」「うん。ただ、あやなが言ってた僕たちより後にやってきた人っていうのが気になるけど」

　GPSを埋め込まれている可能性があるとすれば、そいつだけだ。本来なら、念のために全員の体を検査するべきかもしれないけど、この状況だとそうもいかない。

「あ、あの。楼樹《ろうき》くん？　……か、体、調べるべき……だよね？」あやなのおずおずとした問い掛け。

「本来はね。でも……嫌《いや》、だろ？」「俺は大歓迎だけどな。……痛っ」矢崎《やざき》がヘラヘラと笑ったが、すぐに顔をしかめた。こういうときに冗談を言って場を和《なご》ませようとする矢崎は、本当に偉《えら》い奴《やつ》だと思う。

「で、でも。生死がかかってるのよ。何でも、やっておくに越したことはないんじゃない？」

深山さんが、顔を紅潮させつつ言った。

「いや。確かにやっておくべきだとは思うけど……」

「だけど。村上《むらかみ》か館山《たてやま》っていう可能性もあるよな？」横見の言葉に頷《うなず》く。むしろその可能性の方が高い。

「じゃあ、私とあやなはお互いに調べるから。あんたたちは三人で調べてみて」

　そう言った途端、矢崎がものすごーく嫌な表情を浮かべていた。案外冗談じゃなくて、本気だったようだ。

……僕はハンカチを矢崎《やざき》に噛《か》ませ、痛みと屈辱っぽい何かに耐える彼をくまなく調べ上げた。横見《よこみ》は自分から服を脱いで（脱ぐところを見られたくないからと、わざわざ違う場所に行った）、やはり僕が調べた。

で、僕を横見が調べた。僕は、特に念入りに調べてくれるように頼んだ。何しろ、僕だけが手術直前までいったのだ。もしかすると、手術は二度目だったかもしれない。そう考えると、念入りに調べてもらうのが一番だった。

もっとも、僕は自分にそういう装置が埋め込まれていないと確信していた——体内にそのような異物があれば、どんなに深い眠りに陥《おちい》っていたとしても絶対に分かる。

初めて人を殺したあと——いや、人を殺す前。手術をする直前に感じた、絶、対、的、な悪意。あれを感じ取った瞬間、僕の中で何かが変わった。僕が強制的に抑えつけていたモノと結びつき——とんでもない化学変化を引き起こした。

感覚が、今までの自分と違いすぎている。

万能感……とでも呼ぶべきだろうか。こと、戦い……というよりは、〝殺戮《さつりく》〟に関して僕はあまりに完全だった。

どこにどう凶器を繰り出せば、どこにどうダメージを与え、生命を絶つことができるのか、分かりすぎている。

その一方、僕は自分自身もこれ以上ないほど理解できていた。みっともなく混乱することはない、地震が起きても車が急速度でこちらに向かって突き進んできたとしても冷静に対処できるし、銃でどこかを吹き飛ばされたとしても脳がある限りは動くことができるだろう。

体内に流れ巡る血液も、脳を走る電流も、脳が生成する快楽物質も——何もかもを分析し、理解し、操作できている。

だから、分かるのだ。分かってしまうのだ。

僕の体にこれっぽっちも〝異常〟はない——と。


結果、横見は何もないと首を横に振った。横見、矢崎も同じく——何も持っていないと確信した。

「あやなは何にもなかったわ」

しばらくして、深山《みやま》さんがあやなと連れ立ってそう報告した。あやなもこくんと頷《うなず》く。頬《ほお》が赤く、ちらちらと僕を見ては目を逸《そ》らす。

「ハ、葉瑠《ハル》も……何もなかった」

二人の姿を想像して、僕はひどく恥ずかしくなった。

僕たちはひとまず休むことにした。こんな状況では眠れないかも知れないが、精神的にも肉体的にも限界がきている今、体を休ませるのは必須だった。僕は彼らから離れ、屋上で夜を過ごすことにした。目を閉じることなく、コンクリートの床に腹ばいになって来るかもしれない敵を見張り続ける。

　自分のことは自分が一番分析できる――精神状態はひどく安定している。こうしていることに、苦痛どころか歓喜すら感じる。恐らく、食料さえ補給すれば、五日間はこの状態でも平気だろう。腹部が冷たいことには閉口するが、まあ許容範囲だ。

　崩壊した名もなき街は、夜になっていっそう不気味さを増した。うっすらと見える建物には、一つ残らず明かりがついていない。じっと見ていると、頭がどうにかなりそうなほどの圧迫感がある。

　とても、静かだった。そのせいで、瓦礫《がれき》の崩れるほんのちょっとした音ですら聞き取れる。そのたびに僕は、警戒して――すぐに解いた。

　ただじっと、機械のように潜《ひそ》み続けている。

　人の気配がしたが、振り向くことはなかった。この空気は、いつだって僕の心を温かくしてくれる馴染《なじ》み深いものだった。

「……楼樹《ろうき》くん」声に振り向いた。あやなが、自分の上着で何かをくるんで抱き締めていた。

「どうしたの?」「あ、うん。おなか冷たくない?」

「まあ、ちょっと」

「だったら、これを使って」

上着には、古びた綿が詰まっていた。

「矢崎《やざき》くんのソファーから、少し分けてもらったの。わたしの上着を使えば簡単なクッションみたいでしょ？」

厚意に遠慮なく与《あずか》ることにした。

「少し……お話ししてもいい？」「いいよ。隣座って」

僕は上着を脱ぎ、床に敷いた。初秋にもかかわらず、夜風は妙に冷たかった。あやなが風邪《かぜ》を引かなきゃいいけど。

「寒くない？」「風邪は滅多に引かないよ」そう言ってあやなは少し自慢げに胸を反《そ》らした。

ズレた答えだけど、幼馴染《おさななじみ》という間柄のせいか一足飛びに結論が獲得できるやりとりには慣れていた。僕が寒くない？　と問い掛けたのは、彼女が風邪を引くかどうかが不安だったからだ。あやなはそれを察して、風邪を引かないと言ったのだ。

「……わたしたち、助かるかな？」

「助かるよ。必ず、助けてみせる」

僕の言葉に、あやなはくすくす笑った。

「みんな、不思議に思ってる。どうして、楼樹くんはこんなに冷静なんだろうって」

「自分でも、よく分からないんだ」

「わたし、ちょっとだけ知ってる」

風の冷たさが――まったく、気にならなくなってしまった。

振り向く。近くにいるあやなを見て、おおよそ彼女に似合わないはずの形容が浮かび上がった。〝神秘的〟だ。

それを見ながら、僕はゆっくりとあやなとの思い出を脳に浮かび上がらせた――。

§　§　§

――隣の空き家の前に、大きなトラックが止まって荷物を次々と運び入れていた。タンス、本棚、ピアノ、それからたくさんの段ボール箱……。せっせ、せっせと大きな大人たちが荷物を運んでいる。

当時、幼稚園に通っていた僕は、恐る恐るといった感じでその様子を見ていた。その空き家は、僕にとって秘密基地も同然の代物《しろもの》だった。門は閉まっていたけど、大きな庭で遊ぶことができた。そして、僕は庭にあった大きな楡《にれ》の木の下に宝物を埋めていた――そのときの僕が感じていた焦りは、並大抵ではなかった。

そこにあったのは、当時の僕にとってはまさにとっておきの、大切なものばかり。

見ず知らずの誰かに、〝宝物〟を奪われてしまう……それが怖かった。

貴島《きしま》あやなとの出会いは、だからわりと最悪だったりするのだ。何しろ、引っ越してきたばかりで心細い彼女を最初に泣かせたのは、この僕だった。

僕は勝手に人の家に上がり込むほどの図々しさもなく、だからといって宝物を諦《あきら》められるはずもなく、彼女の家の周りをうろうろうろうろうろうろしていた。

それを、あやなのお母さんは勘違いしてしまった。大切な我が子と友達になりたいのだろう、などと考えて、あやなと一緒に僕を呼び止めるという愚を犯してしまった。

「そこのボク！」

硬直する。期待に満ちた母親の目、おどおどしながらもどこか縋《すが》るような少女の目。僕は、自分の企《たくら》みがバレたのかと慌てて家へ逃げてしまった。

翌日。やっぱり諦めきれなくて、幼稚園の帰りに貴島家の門前をうろうろしていた。僕は中の様子を見ようと、うんと背伸びして塀を摑《つか》んでよじ登り――あやなが、楡の木の下を掘り返しているのを見てしまった。

「ぼくのたからにさわるなぁぁぁっ！」

「ひっ……!?」

あやなが小さなスコップを手から落とし、べたりと尻餅《しりもち》をついた。目が合う。僕はきっと、鬼みたいな形相だったに違いない——次の瞬間、あやなは火がついたように泣き始めた。それを見た瞬間、僕も僕で怒濤《どとう》のように罪悪感が押し寄せた。

自分が、彼女を、泣かせてしまった。

悪いことに決まっていた、自分が悪いに決まっていた、親も怒るだろうし、欠かさず見ていた特撮番組の仮面ヒーローに嫌われてしまうだろう。それはすなわち、当時の僕にとっては、一種の世界崩壊を意味していた。

したがって、僕がやるべきことは一つ。……彼女と一緒に、泣き出すことだった。


この苦いような甘いような、奇妙な味の思い出は……あやなの家族や僕の家族の間で、たびたび話題にのぼっては、僕とあやなが揃《そろ》って照れ笑う羽目になるエピソードだった。

ちなみに、僕とあやなが泣いたことで……まず、あやなのお母さんが飛んできて、塀にしがみついて泣いている僕を見て、目を丸くした。そして僕の母が次に飛んできて、泣きじゃくる僕から事情を聞き出し、あやなのお母さんにそれはそれは平謝りだった。

僕とあやなは散々泣きはらした赤い目のまま、その楡《にれ》の木の下にお互いの宝物を改めて埋め直した。高級なクッキー缶の中に閉じ込めておけば、宝物はきっと永遠に存在するんじゃないだろうか、くらいに僕もあやなも考えていた。

些細《ささい》なきっかけだった。日本中、どこにでもあるありふれたきっかけ。僕とあやなは、そういう友達関係が永遠に続くと思っていた。

小学三年生になってようやく、女の子と一緒に遊ぶというのは男らしくないということが、世間一般（……といっても小学三年生の世間は狭い。学校の中の自分のクラスだけだ）の認識であると理解し、僕はあやなを遠ざけるようになった。

でも、それは二年か三年程度しかもたなかった。小学六年生になると、女の子と一緒に遊ぶことを嫌《いや》がるのは子供っぽいという常識が広まり始めたからだ。

学校で遊んだ、話した、走って先生に怒られた。家に帰って、窓越しに喋《しゃべ》り合った。昔みたいに手を繋《つな》ぐことはなかったけれど、彼女と一緒に遊ぶと、本当に僕はほっとした。

そして、中学生になっても――相変わらず、僕は彼女と一緒にいた。ときに喧嘩《けんか》もしたし、口もきいてやらない、なんて啖呵《たんか》を切ったこともあったけれど。

やっぱり、最終的に僕はあやなの傍《そば》にいた。

中学生のとき。姉に、真面目な顔で「あんたたち、彼氏とか彼女とか作る気あるの？」と問われて――揃って首を横に振った。それを見て、姉はああ……と諦観《ていかん》の眼差《まなざ》しで溜息《ためいき》をついた。

「お互いに、ちゃんと責任取りなさいよ」

昔はその言葉の意味が分からなかったが、今の僕にはよく分かった。僕の人生はあやなに癒《ゆ》着《ちゃく》しており、あやなの人生は僕に癒着していて、今さら引き剝《は》がすのは不可能に等しかった。幼い頃の思い出全てが、彼女と共にありすぎて――そして、二人ともそれを全く嫌《いや》がっていないことが致命的だった。

恋人ができるとすれば、よほど包容力のある人間でないとダメだろう。もし、ダメならば――ダメならば。自分の人生を癒着させてしまった責任を取るためには。

当然ながら、癒着した相手をパートナーに選ぶしかない。

姉の言いたかったことは、そういうことなのだろう。これが僕とあやなの関係、どこにでもあるかもしれない、ささやかな――幼馴染《おさななじみ》としての関係だった。

あやなが自分の髪を撫《な》でながら告げた。

「子供のときから、わたしといっぱい遊んだよね？」その問い掛けはまったくもって唐突だった――戸惑いつつ僕は応じる。

「う、うん。幼稚園……いや、小学二年生くらいまでかな？」

「三年生になると、カッコ悪いからって男の子と遊ぶようになったもんねぇ」

「あの頃は、いろいろと見栄っ張りだったんだ」

「分かってる。男の子と遊ぶとき、〝ごめんね〟って気持ちがいつも伝わってきたから。だから、いいの。それに、夜になると一緒にお喋《しゃべ》りしたのは変わらなかったでしょ？」

——こんなことなら、あやなともっともっと遊んでおけばよかった。

そんな後悔が、今さらながらに胸に突き刺さった。

あやなはそんな僕の表情を敏感に読み取り、僕の手のひらをぎゅっと握った。反射的に、そこから逃《のが》れようとする——血に塗《まみ》れた手を、彼女に触ってほしくはなくて。けれど、あやなは首をゆっくりと振って微笑《ほほえ》んだ。まるでそんなことはない、と言いたげに。

「お話、続けていいかな?」

「……うん」

「——あれはね、幼稚園の年長さんの頃だったと思う。楼樹《ろうき》くんとわたしは、町外れの山に遊びに行ったの。その日は誕生日で、わたしは楼樹くんより一つだけ年上になった。それが嬉《うれ》しくて、お姉さんぶって無理矢理ついてこさせたんだ」

鼓動が弾む。しまい込んでいたはずの記憶が蘇《よみがえ》る。

あやなの手に力が込もる——一緒にいたい、そんな気持ちが伝わってくる。僕はその逆で、彼女から離れるべきだ……そんな、今まで一度たりとも考えたことのない言葉が頭に浮かんでしまっていた。

「かくれんぼしようってことになった。山は危険だ、山は危険だって言われていたけど、ちっともそんなことないって、そう思ってた。……少し前、お父さんとお母さんと一緒に車で出かけただけなのにね。わたしは、ただそれだけのことであの山を支配したんだって思ったのかもしれない。楼樹《ろうき》くんがあの山に入ったことがないって言ってたから、尚更《なおさら》」

そのときの光景が、おぼろげに頭に浮かぶ――血みどろの自分と、怯《おび》えるあやな。それから、何かが斃《たお》れていた。

「……野犬がいたんだよ。そのときは全然分からなかったけど、あとになって調べて分かった。ウルフドッグっていう、オオカミと犬の交配種がいるんだけど。それを、誰かが山に捨てたの。繋《つな》がれたリードを、自分で引き千切ったその野犬は、もうどうしようもなく凶暴になっていた。特に、人間を完全に敵だと見なしていた。そこへ……わたしたちが、現れた」


僕はひたすら沈黙した。思い出す――眼前に現れたのは、まさに怪物だった。山のヌシ、ケモノの王、そして人を狩る復讐鬼《ハンター》。

「それと遭遇したとき、わたしは、怖くて一歩も動けなかった」

そのときの情景がありありと浮かび上がる。通常、ウルフドッグは正しいしつけさえ行えば人間と良好な関係を築き上げることができる。だがしかし、持て余したからという理由だけで捨てられた犬に、そんなことを望めるはずもない。

彼は餓《う》えて餓えて仕方がなくて、人間が憎くて憎くて仕方なくて――。

「動けなくて、大声で泣いちゃった。それで、ますます犬は怒り出したの。飛びかかられるまで、時間の問題だった。殺されるまで、時間の問題だった。そんなとき、かくれんぼの鬼だった楼樹くんがわたしの前に立ちはだかったの」

　ここで言葉を切った。

　あやなはこてんと頭を肩に乗せてくる。目を閉じ、夢見るように続けた。

「何が起きているのか分からなかった。楼樹くんは大きな石を持っていた気もするし、服をぐるぐると右腕に巻いて、犬の喉《のど》に突っ込ませたりもした。でも、一番覚えているのは――するすると木を登って、太い枝を自分の体重で折って、それで槍《やり》のように突き刺したこと」

　ああ、そうだ――そうだ、僕は。

「僕は、犬を殺したんだ。相手は狼犬《おおかみけん》で、獰猛《どうもう》で、完全に僕たちと敵対していたのに。恐怖なんて全く感じずに、平然と――」

「楼樹くんは、すごく得意そうにわたしに言ったの。『こわいかいぶつをやっつけたよ』って。でも、そのときのわたしが一番怖かったのは、ほかでもない楼樹くんだった」

　ああ、覚えている。

　はっきりと覚えている。今まで、口に出さずに――しまい込んでいただけ。分かっていた、もうとっくに僕は見つけていたんだ。殺すこと、傷つけること、自分の力を限界まで引き出して相手が息絶えるまで追い詰めること。

それこそが僕の得意分野だった、僕が何より欲した才能だった。

純然たる、殺戮の才能だ。


でも、幼いあやなは血塗《ちまみ》れになった僕を見て……泣いてしまった。僕は、今しがた殺された怖い怪物よりも、遥かに恐ろしい存在だったのだ。

「泣いて、泣いて、泣いて――気付いたら、病院にいた。あとで聞いた話だと、わたしは死んだ犬を見てショックで倒れてしまったことになっていた。楼樹《ろうき》くんは、犬を殺したことを秘密にしていた。だから、わたしもそうするべきだろうって思った」

「うん。僕は、倒れたあやなを見て……こう思った。もし、自分がこの怪物を殺したことを言ったらどうなるだろうって。あやなのお父さんやお母さんは、乱暴者だからって遊ばせてくれないかもしれない。僕は人殺しだって、逮捕されるかもしれない」

もちろん、そんなことがあるはずもない。ただ、あのときの僕にとって犬を殺したことは、仕方ないことでも英雄的行為でもなく、ひたすら罪深い行為というだけだった。なぜなら、あやなが泣いたからだ。泣いて、僕を「怖い」と言ったからだ。

「あの犬は、きっと何かの拍子に枝に突き刺さったんだろうって。さもなきゃ誰かがあれを殺して置き去りにしたんだろうって。大人の人たちはみーんなそう言った。当たり前だよね。だって、幼稚園に通っている子供が獰猛な野犬を殺したなんて、普通は信じないもの」

その後、しばらくあやなと遊べなくなったっけ。

「そうそう。山に入ったことと、遊んだことを叱《しか》られて。一週間外で遊べなくなっちゃった」

囁《ささや》くあやなの表情を見るのが、少し怖かった。

「でも。それから……何もかも、元に戻っちゃった。罰が解けてすぐに、わたしはまた楼樹くんと遊び始めたし、あのときの話はどちらもしなくなった」

「……そうだね」そんな曖昧《あいまい》な呟《つぶや》きに、あやなは肩に乗せていた顔をぐるんと移動させた。至近距離で、まるで今からキスでもするかのような顔の近さ――今まで、一度だってしたことはないけれど。

その顔は真剣で、必死だった。そして、悲しみも垣間《かいま》見えた。でも……恐怖は見えなかった。

「一つだけ、聞かせて」あやなの問い掛け。

僕は頷《うなず》いた。彼女はわずかに深呼吸して――言った。

「わたしに嫌われるのが、怖かったの？」


――ああ、その通りだ。

僕は、あやなに嫌われるのが怖かった。そのためなら、自分の才能を埋没させても構いはしなかった。恐怖に満ちた表情で見つめられたとき、心臓が抉《えぐ》り取られるような悲しみがあった。

「そう」あやなの端的な答え。顔を見るのが怖くて、目を逸《そ》らそうとする――彼女の両手が、僕の頬《ほお》をしっかりと挟んだ。

見た。

彼女は悲しげに微笑《ほほえ》んでいた。長いつきあいだけに、だからこそだろうか。その微笑の意味が分からなかった。

「嫌ったりなんて、しないよ。楼樹《ろうき》くんがどんな才能を持ってても、どんなことをしても、絶対に嫌ったりなんて、しない」彼女の吐息が温かい。

「……本当?」「本当だよ。……ごめんね、怖がったりして」

申し訳なさそうに言うあやな。僕は、首をぶんぶんと横に振った。

「違う、違うよ。怖がって当然なんだ、怖がられて当たり前なんだ。僕はそういう存在で、そういう才能を持っていて……まともに生きるには、あやなに縋りつくしかなかったんだ」

僕は……蚊みたいに、あやなの優しさや温かさを吸っていたんだろう。

「迷惑だなんて思ったことない。ずっと、ずっと楼樹くんと一緒でわたしは嬉《うれ》しかった。今だって嬉しい」

「……ありがとう」

——ああ、神様。お願いです。どうか、彼女を助ける力を僕にください。世界から蛇蝎《だかつ》のごとく嫌われたって構わない、目の前から姿を消したって構わない。生きて、笑っていてくればそれでいい。そのためなら、悪魔にだって魂を売ってやる。

「こうしてて、いい?」あやなは僕の胸板に顔を当てると、全身でしがみついた。小さな体は、少し震えていた。

「怖いの?」「え? 違うよ。ちょっと寒いだけ。それに……全然怖くなんかない」

「本当?」「楼樹《ろうき》くん、また本当って聞いた」何がおかしいのか、あやなはくすくすと笑った。

僕はびっくりした。

「怖くない。楼樹くんが一緒にいるから——怖く、ないんだ」

こんな状況にもかかわらず、僕はひどく嬉《うれ》しかった。

「ねえ、これからどうするの?」その問い掛けに、僕は喜びに蕩《とろ》けそうな本能をよそに、理性を働かせて答えた。

「うん。もしGPS機能が正確に働いてないとすると、彼らは虱潰《しらみつぶ》しに僕らを捜すしかない。クラブの会員だって、狩《ゲーム》りを楽しもうと思ったのに見つからないじゃ迷惑な話だ。たぶんだけど、スタッフでこの街を取り囲む手段に出るだろう」

「どうやって、脱出するの?」

「……」

一つ方法がある。誰かが囮《おとり》になるという単純で効果的な策だ。〝誰か〟が派手に動くことで、他から目を逸《そ》らさせる――。

この策の不安点は二つ。一つ、囮は必ず僕でなければならないということ。二つ、僕と彼らが離れることで、彼らに対抗するべき手段が存在しなくなること――。

「……とにかく、考えてみるよ」「うん」

あやなはそれ以上追求しようとはしなかった。気付いていないように、と祈る。

「他の三人は大丈夫かな？」「葉瑠《ハル》ちゃんと横見《よこみ》くんは寒がっているけど、大丈夫そう。矢崎《やざき》くんは熱が出てるみたい」

「熱か……」たぶん、犬に噛《か》まれた傷口が熱をもっているのだろう。放置しておくと、さらに事態が悪化しそうだ。

「解熱剤があればいいんだけど」「朝になって熱が引かないようなら、野草を探そう。カモミールかシナノキを熱湯に入れて飲めば、解熱剤の代わりになる」

あやなが目を丸くした。

「すごいね、詳しいんだね」「昔、なんかの本で読んだだけだよ。まさか役立つとは思っていなかった」

読んだだけの知識を、なぜ僕はこうすらすらと思い出せたのだろう。……考えるまでもないか、これが生きるために、勝ち抜くために必要な技術だからだ。僕はこの十七年、古文を忘れることはあっても、生存するための知識と殺すための技術は後生大事に蓄えていたという訳だ。

「あやな。念のために、戻って様子を見てきてくれないか。熱が上がりすぎて意識がないようだったら、すぐにでも野草を取りに行く。水は……何とか探そう」

「わ、分かった」

あやながしゃがみこみながら、ささささっと戻っていく。僕は矢崎《やざき》の傷が浅いことを祈りつつ、再び外に注意を向けた。先ほどは腹の下に何もなくても平気だと思っていたが、あやなの制服に包まれた綿は、想像以上の温かさがあって、何ともありがたい。

やはり、外には何も見えず、聞こえず、臭《にお》うこともない。気配もない。

逃げ切れるかもしれない、という希望が湧《わ》いて出てくる——それを僕は、一瞬で振り払った。希望を持つな、希望を握るな、希望は突き詰めれば「こうあってほしい」という夢物語に過ぎない。それは判断を鈍らせ、迂闊《うかつ》な行動を招くだろう。

ありのままに全てを見つめる、あらゆる情を裁断し、行動を決定づける。今の僕たちには、それが必要だ。

あやなが屈《かが》んで戻ってきた。表情から察するに、かなり危機的状況らしい。

「すごい熱で……意識が、ぼんやりしてる」

生存本能が〝見捨てるべきではないか〟と囁《ささや》く。この状況下では、医者に診せることもできない。彼はとことんまで、脱出の足かせになるだろう――と。

だが、その生存本能の薄汚さを理性が弾劾《だんがい》した。それはできない、そんなことをすれば、僕はケモノ以下の存在だ。僕はあの狩人《ハンター》たちと違うという一念を持っているからこそ生き生きと動くことができるのだ――理性は正しかった。

「分かった。あやな、深山《みやま》さんと一緒に矢崎の手を握っていて。それで、ずっと話しかけること。できるだけ、意識があった方がいい」

「わ、分かった」

僕はあやなと一緒に二階に戻った。真っ暗だったが、何とか輪郭《りんかく》で彼らを探り当てた。目に涙を浮かべた深山さんが、どうしよう、どうしようとおろおろしている。

「今から、薬を取ってくる」「薬？　あるの？」「薬というか、野草かな。暗い上に、あるかどうかも分からないけれど」下手をすると、あの山まで戻らなきゃならない。全力で走れば、一時間程度か。

「……よせ」

矢崎が目を開いて言った。

「だけど――」「いいんだ、俺はいい。俺が自分でまいた種だ。いいか、お前はここにいろ。ここにいて、みんなを守ってくれ」

矢崎《やざき》はそう言いつつ、僕を睨《にら》みつけた。僕は無言で、腰を下ろした。

「……分かった。ここにいる。今、大体午前二時くらいだから……夜明けには全員で出発するよ。いいね？」

「ああ」「ちょ、ちょっと矢崎……いいの？　それでいいの？」

深山《みやま》さんの問い掛けに、矢崎はにんまりと笑った。「いいんだ。迷惑はかけられねぇ。……どうだ、深山。惚《ほ》れたか？」

「こんな状況で、バカなこと言わないでよっ」深山さんが涙ぐんでいる——しっかりと手は握り締められている。

僕はそれを確認してから、立ち上がった。

「どこ行くの？」「一階の仕掛けを確認してくる」

ひょっとすると、屋上にいた間に仕掛けが壊れているかもしれない。所詮、即席で作ったものだからな……確認しておくに越したことはない。

一階に下りた途端、嫌《いや》な予感が全身を走り抜けた。真っ暗な空間に、ぼんやりと自分の体が浮かんでいるような感覚——。入り口に目をやると、暗闇《くらやみ》がほんのわずか蠢《うごめ》いていた。

全身の力を込めて階段に向けて跳躍した。パシン、とコンクリートの床が弾けるような音がした。まずい、狙撃《そげき》だ！

全力で二階に戻り、叫んだ。

「襲われてる！　全員、外から撃たれないよう壁に寄って！」

叫びながら、僕は深山さんが持っていたクロスボウを拾い上げた。

窓枠まで辿《たど》り着くと、ほんの少しだけそこから顔を出した。暗闇に目を凝らすと、小さな光が瞬いた。ビシッという音がして、窓枠の一部が弾け飛んだ。深山さんとあやな、二人の悲鳴があがる——。怪我《けが》はしていない。とりあえず、理解したことがいくつかあった。

一つ。二階に僕たちがいることが知られている。二つ。一階から撃ってきた人間は、恐らくもう間もなく突入してくるに違いない。三つ、映画でよく見た音を消す銃を使っている。四つ、こちらの姿が見えている。

四つ目が致命的だ。これまた映画でよく見た……ええと、そうだ。ナイトゴーグルってやつだ。僕らの居場所はバレバレだ。少しでも窓から顔を出せば、頭がはじけ飛ぶだろう。

ぐっとクロスボウを握り締める。矢を装塡《そうてん》し、構える。影なき狙撃者に、果たしてこの矢は通じるだろうか。暗闇に必死に目を慣らす。ダメだ。もう一度適当でもいい、撃ってくれれば銃口の火で狙撃手《そげきしゅ》の位置が分かるのに。

このビルに近づいてくる足音がする——人数は四人。僕は二階入り口でクロスボウを構えた。だがどうする？　クロスボウで最初の一人は仕留められる。だが——残り、三人プラス狙撃手。

殺せるか？　一瞬で、相手が暴力を行使する暇を与えず殺すことができるか？

難しい。何故《なぜ》なら、外の狙撃手《そげきしゅ》は僕たちの居場所が手に取るように分かっている。無線で逐一連絡されてしまえばお手上げだ。

「……やるしかないか」

確率は悪い、ひどく悪い。

ひとまず、建物の外からこちらを狙《ねら》っている狩人《ハンター》は頭の隅に追いやることにした。一階から侵入しようとしている四人が問題なのだ——窓から体の一切を出さない状態で、かつ四人を沈黙させねばならない。

クロスボウを構え、その一瞬を静かに待つ——向こうの強みは視界だろうが、弱みもまた視界だ。なぜなら、ナイトゴーグルは極端に視界が狭まる。上下左右を見るには首をかなり動かさなければならない。

だが、外の狙撃手を排除しないことには——。

「赤神《あかがみ》……赤神……！」

矢崎《やざき》が僕に呼びかけている。

「どうした？」傷口でも痛むというなら、今はそれどころじゃない。

「外に、誰かいるのか？」「待ち受けて狙撃している奴がいる」

「仕留められない、のか……？」「無理だ。場所が分からない上に、相手はナイトゴーグルをつけているみたいだから。もう一度撃ってくれれば、銃口の火で場所が分かるんだけど」

矢崎が健在な左腕一本で、動き始めた。

「横見《よこみ》、それ貸せ」返事を待たず、彼は横見からサブマシンガンを奪い取ったらしい。窓の外から撃ち込まれる銃弾に注意しつつ、矢崎は匍匐《ほふく》してこちらに近づいてくる。

「お、俺が窓からこいつを撃つ。撃ち返してきたら、場所は分かるよな？」

「その体で……」「死んでしまえば、一緒だろ！」どうやら、決意はあまりにも固いようだった。無視はできない。そしてそれが有用な手段であることも分かっていた。

「……分かった」「信じてるぞ、赤神」

矢崎はうぅぅう、と不気味とも思えるほどの唸《うな》り声をあげながらサブマシンガンを構えた。

「うっだらぁぁぁぁぁっ！」叫びながら、彼は窓に体を晒《さら》して射撃した。僕は素早く、別の窓枠の片隅からわずかに頭を出し、暗闇《くらやみ》を両の眼《まなこ》で凝視した。

わずかな光が、暗闇に露《あら》わに浮かび上がった。その瞬間、肉体が反応した。隣で矢崎が銃弾の勢いで吹き飛ばされたことすら、意識の外へと追いやった。

計算する——銃口から漏《も》れ出た火炎から、狙撃手の居場所を計算する。輪郭《りんかく》が脳裏に浮かび上がる。同時に行動を計算する。窓枠からはみ出た僕に対し、彼はまず間違いなくこちらへと向き直る。それすらも計算に入れて、僕はクロスボウの銃爪《ひきがね》を引いた。

当たった——感覚的にそれが判断できた。僕の放《はな》った矢は、間違いなく男の眼球を貫いて脳を完全に破壊していた。

足音がみるみるうちに近づいてくる。クロスボウを床に捨てて、僕は二階の窓枠に足をかけた。ククリナイフを引き抜き、外へ向かって跳躍──あやなと深山《みやま》さんの悲鳴があがった。僕はそのまま、夜闇《くらやみ》の中をどうにか着地して大地に転がった。

すぐに起き上がる──僕を撃つ人間はいない。迷わず、一階ビル入り口へと突入する。ちょうど、仕掛けを取り外した男たちが、二階に飛び込もうとする直前だった。

悲鳴があがる──だが、悲鳴をあげたのは僕でもなければ、あやなたちでもない。余裕を持って、奇襲を仕掛け、狙撃手《そげきしゅ》からの連絡が途切れたことに疑問を抱いていたナイトゴーグル姿の会員たちである。

振り返った途端、僕がいたのだ。

闇の中で、ナイトゴーグルを装着して視界を狭めた彼らよりも、視界を捨てて嗅覚《きゅうかく》と触覚で襲いかかる自分の方が、遥かに速度と精密さという点で勝っていた。さらに言うなら、彼らの持つ高性能なライフルは、接近戦においては役に立たない、棍棒《こんぼう》のように殴りつけるのが関の山だろう。僕は、ククリナイフで男たちを躊躇《ちゅうちょ》なく切り刻んだ。手加減する余裕は、さすがに今の僕にはなかった。

内臓と血の臭気がひどく鼻につき、不快感を堪《こら》える。僕は彼らの装備品からあるものを探していた。彼らとて、僕たちの脅威はある程度理解しているはずだ。ならば、クロスボウを持っていた会員たちとは違い、それなりの準備をしているはず──よし、あった!

僕は直ちに二階へ駆け戻った。

「矢崎《やざき》！」

僕の声に、くぐもった悲鳴が応じた。そこに辿《たど》り着く――血の臭《にお》い。僕は奪い取ったナイトゴーグルで、矢崎の容態を確かめた。

「赤神《あかがみ》くん、赤神くん！　矢崎くん、大丈夫……!?」

深山さんには見えないらしい。

「か、か、掠《かす》めただけさ。そうだろ？　なあ、赤神。そうだろ？」

矢崎が苦痛に顔を歪《ゆが》めながら言った。確かに、彼の言うことは当たっている。肩を掠めただけだ。ただ、銃弾が掠めた肩はざっくりと裂けていて、血が溢《あふ》れて止まらない。


――どうすることもできない。

なのに、気付いたら僕は戦利品――サバイバルキットにあった救急セットを使用して、彼を懸命に処置しようとしていた。鎮痛剤を与え、掠めた部分だけでなく咬傷《こうしょう》にも本格的な手当を施《ほどこ》した。消毒し、針と糸を使って傷口を縫合《ほうごう》し、薬剤を打った。とにかく、必死だった。必死で、僕たちは拙《つたな》い知識を動員して矢崎を手当てし続けた。
やがて夜明けが訪れ――矢崎は、弱々しいながらもまだ生きていた。意識はやや胡乱《うろん》だが、それは痛み止めのモルヒネのせいだろう。

「矢崎《やざき》くん……」深山《みやま》さんが、両手をしっかりと握り締めている。横見《よこみ》は疲れ果てたように蹲《うずくま》り、あやなは矢崎が生きていることを理解してか嬉《うれ》しそうに涙ぐんでいた。

だが、もちろんこのままではダメだ…………病院に運ぶしかない。だが、肝心の病院がここにはない。

ともあれ、今の状態で担げるのは僕しかいない。ここから、一刻も早く離れなきゃならない。だが、その前に絶対に確認しなければならないこともあった。

「どうしたの？　早く行かなきゃ……」深山さんの焦燥に駆られたような声に、僕は首を横に振った。

「その前に片付けなきゃならないことがある。……この中の誰かが、ＧＰＳを埋め込まれている」

全員が息を呑《の》み、僕に注目した。

§　§　§

「――なあ、だから言っただろう？」得意げな声に、〝ミスター〟は懸命に怒りを抑えつつ告げた。目の前の男は、両足を机に投げ出しニヤニヤ笑っている。

顔は見えない。顔というより、全身が見えなかった。灰色のギリースーツに覆われ、なんだか安っぽいホラー映画の怪物のようだ――当然、部屋ではひどく目立つ。だが、ひとたび瓦《が》礫《れき》の街に踏み込めば、まるで透明になったように姿は消えるだろう。

「ああ、お前の言う通りだった。……〝彼〟は会員の手に負えん」

「まあ混乱する気持ちは分かるさ。最新の装備を身につけた熟練のハンターたちが、至極当たり前のように殺されまくっちゃあ、あんたとしても立場ないだろうからな」

「脱会の申請が二件、クレーム処理は数え切れん。半面、褒《ほ》め言葉も戴いたがね」

「褒め言葉？」

「これをつくり《フェイク》だと信じているのだそうだ」

男の小馬鹿にするような笑み。

「ハッ。バカな奴もいたもんだ。これがフェイクなどであってたまるもんか！」

「そうだ。……〝ロビン・フッド〟。どういうことだ？　奴は、その……何者だ？」。溜息《ためいき》、〝ミスター〟は苦悩している。クラブが始まって以来の珍事といえるだろう。

確かに、今回の獲物は異例だった。うらぶれたホームレスや軍人崩れとは訳が違う――日本の、それも大人数のティーンエイジャーたちが獲物になるなどこれまでなかったことだ。応募者がこれほど殺到したのは一九七七年、あの肥満体の人気ミュージシャンを標的にして以来だ。あれは凄《すさ》まじい狩りだった。文化を破壊されたと激怒した音楽家が仕留めたのだったっけか——。

「奴が何者か、あんたまだ分からないのか?」ロビン・フッドの小馬鹿にしたような言いぐさに、ミスターは回想をやめ——首を横に振った。

「あいつは、どこかの国の工作員《エージェント》なのか?」「ノー」

「じゃあ、何だ。侍か?」「ノー、ノー、ノーだ! いいかい、〝ミスター〟?」。ロビン・フッドが足を机にかけるのをやめて立ち上がり、ずいと身を乗り出した。

フードを脱ぎ捨て、狂気の顔を露《あら》わにする。褐色というよりは炎のような色の肌、見せるためではなく、戦うために鍛《きた》え上げられた筋肉。簡素に束ねられた黒く艶《つや》やかな髪。アメリカの先住民族独特のペイントが顔から首にかけてべっとりと塗り込まれている。

しかし、彼を最初に見た者は誰もがその目に心を奪われるに違いない。美しかった、宝石細工のような華美な美しさではなく、脆《もろ》いガラスのような美しさでもなく、とてつもない狂気を秘めた瞳《ひとみ》ゆえのグロテスクな美しさだった。

〝ミスター〟は男の目を見つめていると、自分がどこかに失墜しそうな感覚を抱いた。かぶりを振って、狂気から逃《のが》れようとする。

「あいつは侍じゃない、生まれ落ちたときからケモノだったんだ。俺には分かる。あいつはあんたとは違う生物だ。悪魔《ディアボロ》と呼びたきゃそれでもいい。とにかく、最初からそういう存在だったんだ。分かるか？」

「……分からんね。人間ではないと言いたいのか？」

「そうだ。あいつは人間の皮を被《かぶ》った〝それ《イット》〟だ！　人間狩り《マンハント》気分であいつに突っかかっていったのが会員たちの敗因だ。そりゃあ、殺されもする。グリズリーに素手で立ち向かうバカがいるか？　狼《おおかみ》に噛《か》みつき勝負を挑む能なしがいるか？」

「だが、君の比喩《ひゆ》はどうあれ彼が人間であることは——」

「だから、そこが認識の誤りだ。アレは人間じゃない。姿形で判断するな。常識に囚《とら》われるな。さもなきゃ、殺されるぞ。俺も、そしてアンタもだ」

この言葉に、〝ミスター〟は目を丸くした。

「待て。ひどい勘違いがあるぞ。私を殺すだと？」

「そうだ。あの男は仲間を連れて逃げている。だがあいつは確信しているだろう。この世界にいる限り、〝ミスター《あんた》〟の手から逃れるのは難しいと。となれば話は簡単だ。あんたの首を刎ねてしまえば問題ない」

「殺せるものか」

「殺された会員たちも、そう思っていただろうな」

「……」「悪いことは言わん、兵隊を増強しておけ。まあ、するだけ無駄だと思うがね。あいつを倒せるのは、今のところ俺だけだ。この俺、救国の英雄〝ロビン・フッド〟だけだ」

「もういい。さっさと行ってくれ。他の娯楽提供者《エンターテイナー》……〝ウィドゥ〟は〝ハリウッドスター〟を連れて、追跡を開始している」

「あのサイコパス二人と俺を一緒にしないでくれ」〝ロビン・フッド〟が露骨なまでに顔をしかめた。

「では、君はサイコパスではないと?」「もちろんだ、俺は正常さ。異常なのは、この世界だ。あんなミュータント《ばけもの》を生み出す世界なんざ、絶対に、間違いなく、イカれている。そうだろう?」

「――それは、異常な人間の言い分だよ。〝ロビン・フッド〟」

ミスターの静かな答えに、〝ロビン・フッド〟はヘラヘラと笑った。

§　§　§

「目の前で、見せられたんだ」

横見《よこみ》がポツポツと語り始めた。あやなは――おろおろしている。深山《みやま》さんは怒りと憎悪を露《あら》わにし、矢崎《やざき》は嘆くように首を横に振っていた。

「み、みんなが死んでいくのを見せられた。俺、俺はお前ら以外の全員が殺される様子を見せられたんだ。みんなが死んでいくのを見せられた。みんなが、泣き叫びながら頭とか胴とか撃たれて死んじまうところを！」

僕は今、手渡されたカメラをしっかりと握り締めている。マイク部分は取り外し、あやなに頼んでしっかりと両手に押さえ込んでもらっている。

「俺だけ、カメラを渡された。これ……あの、Ｗｅｂカメラみたいなもので。音とかもちゃんとリアルタイムで……」

「とりあえず、それはいいから。……ＧＰＳ機能はついているのか？」

「つ、ついてる。それも組み込んであるって。他の人間には体に仕込む予定だけど、お前には仕込まないって。その代わり、ビデオから目を逸《そ》らすなって」

横見は泣き出していた。それが後悔によるものなのか、あるいは僕たちに露見したことによる恐怖なのかは分からない。両方かもしれない。

「なるほど。つまり、横見は狩人《ハンター》から狙《ねら》われないんだな？　向こうもカメラで撮影しているだろうけど、それだけじゃ物足りない。僕たちが恐怖に震える姿を撮ってこその娯楽ってこと」

「そうだ！　あいつら、悪魔だ。み、みんな死んでた、殺されてた！　あんな、惨めな光景初めてだ！　虫けらみたいに、あいつら、人間を虫けらみたいに殺してた！　お、俺だって嫌《いや》だった、嫌だったけど逆らえなかった！　まだやりたいゲームあるのに、いっぱいあるのに、死にたくなかった！」

「死にたくなかったってことは――あんた、もしかして。生かしてやるって言われたんじゃないでしょうね？」深山《みやま》さんの蔑《さげす》みきった口調。冷《さ》めた眼は、怯《おび》えて泣く横見《よこみ》を刺すように睨《にら》んでいる。

「そうだよ！　い、生かしてやるって言われたんだ！　無事に撮影を終えれば、逃がしてやるって！　だからほら、その証拠に俺にはGPSが仕込まれてない！　この街を逃げれば、逃げれば何とかなるって！　口を噤《つぐ》めばいいって！」

「馬っ鹿野郎！　そんなの信じてどうすんだよ！　お前なんかを生かして帰す訳ねえだろ！」朦朧《もうろう》としていた矢崎《やざき》もさすがに激高して叫んだ。その絶叫は正しい。横見を生かして帰すメリットなどない。生き残ったのであれば、そのまま殺すだろう。無様に途中で死ぬのは、少し問題があるかもしれないが――取るに足らない犠牲だ。

「生きたかったんだよ！　俺は、俺は生きたかったんだ！　クラスの連中みたいに死にたくなかった！　館山《たてやま》、あいついい奴だった、俺の友達だったのに。あんな、あんな、ちくしょう、くそ、ハリネズミみたいになっちまって、痛い痛いって、畜生、あいつら、嫌《いや》だ、死にたくない、死にたくない、死にたくないんだよ、俺は……！」

――呪詛《じゅそ》とも思える言葉を吐き続ける彼に、矢崎も深山さんも、そして僕も言葉を失った。ただ一人、あやなだけが蹲《うずくま》る横見にすたすたと近づいて言った。

「……みんな、生きたかったんだよ。横見くんだけじゃなくて、みんな……生きたかったんだよ？」

あやなの言葉には、怒りはなく、憎しみもない、そうかといって憐憫《れんびん》がある訳でもない。あるのはただ、気が滅入るような虚《むな》しさだけだった。

「うあああああっ！　ごめんなさい、ごめんなさい、ごめんなさい、嫌だ、助けて、助けて、助けてくれよ……！　誰でもいいから、助けてくれよ……！」

僕は横見の頰《ほお》を平手で強く叩《たた》いた。

「悪いんだけど、落ち着いてくれ。少し」

その言葉に、毒気を抜かれたように横見は座り込んだ。僕が殴ったことで、全員がどうにか冷静さを取り戻してくれた……みたいだ。

「ね、ねえ。これどうするの？」見れば、あやなは息を止めてまで一生懸命それを押さえつけていたらしい。

「何言ってるのよ。こんなもの、とっとと破壊しなきゃ――」

あやなは深山さんの言葉に頷《うなず》き、えーいと取り外した盗聴器やGPSを放り投げようとする――それを、僕は止めた。

「え？」

あやなから盗聴器とカメラをひったくって、僕はそれを踏み壊した。

「……ＧＰＳは壊さないでおこう」

「何でだよ……？　ＧＰＳが一番今、俺たちにとって壊さなきゃならないものだろ」

矢崎《やざき》の問い掛けに、僕は部屋の片隅を指さした——あやなのくぐもった悲鳴。

丸々と肥え太ったドブネズミ——何を食べているかは、あまり想像したくない——が、僕たちを無垢《むく》な瞳《ひとみ》で見つめていた。

§　§　§

盗聴器とカメラが破壊されたことを知り、〝ミスター〟は深々と溜息《ためいき》をついた。最早《もはや》、会員たちを絶体絶命《クリフハンガー》のドラマで盛り上がらせることはできないらしい。

狩猟《ハント》を望む者はもう誰もいない。彼らは酒を飲み交わしながら、この劇的なドラマの終演を待ち望んでいる。結末は——無論、涙を誘う無情なものだ。

彼らはスタッフたちの銃に撃たれて死ぬ。恋人同士ならば抱き合い、友人同士ならば友情を確かめ合いながら——あるいは、醜い人間の本性をさらけ出し、命乞《いのちご》いをしながら。あるいは、無気力に自分の命を絶つ。

狩猟《ハント》を終えた会員たちは、そのドラマに笑い、涙し、感動して拍手を送るのだ。

そのドラマが、もう見られない。最後の映像記録によると、どうやら例の少年がこちらのカメラマンを発見したらしい。

極々稀《まれ》だが、そういうこともある。大抵はカメラマンの失策だ。疑心暗鬼《ぎしんあんき》の中、誰かが問い質《ただ》して思わず白状してしまう、あるいはうっかりカメラに注意を向けてしまう——。

くだらないアクシデントが、数々のドラマを台無しにしてきた。

通常ならば、自分は笑いながら会員たちに謝罪して回らなければならない。落胆し、詰《なじ》る声もあるにはあるが、大多数がアクシデントを仕方のないことと理解してくれていた。

ただし、今回は違う。全ての会員が、あの少年が死ぬその瞬間を見たがっている。となれば、現状手元にいたあの三人を解き放つしかない。


〝娯楽提供者《エンターテイナー》〟。


——クラブの会員でも、古参の人間になると自分で狩猟《ハント》に出ても、何の退屈しのぎにもならないことを知っている。飽きてしまっているのだ。獲物の様々な反応を見てきた彼らは、最早何者にも心を奪われることがない。

己自身もまた然《しか》り。

あらゆる悪徳と残忍な行為を許容し、思いつく限りのそれをやってのけてきた彼らには、罪悪感もなければ、期待もない。

したがって、彼らは代行することにする。自分では想像もつかない殺人手段を求めて。

傭兵《ようへい》、拷問屋《ごうもん》、殺人鬼、悪魔崇拝者——飼われた彼らを呼称して〝娯楽提供者《エンターテイナー》〟。人間でありながら、あらゆる人間らしさを喪失した絶望の偶像《アイドル》たち。


カメラマンが撮影できなくなったとはいえ、まだ街には監視カメラが無数に仕掛けられている（本来は、カメラマンが死に絶えた際の予備程度の扱いだが）。監視スタッフを増員し、全ての映像を見逃さぬよう〝ミスター〟は厳命した。

「ミスター。GPS信号はまだ生きていますが……どうしますか？」

その言葉にミスターは首を傾《かし》げた。カメラと盗聴器を破壊したのなら、当然GPSも破壊するだろうと思っていたが……GPSだけは発見されなかったのか？

「……よし。ウィドウたちにすぐ追わせろ」

カメラと盗聴器が死んだにもかかわらず、GPSだけが生きているということに多少の疑問は抱《いだ》いたが、追跡する手がかりの一つを見逃す手はない。

§　§　§

僕は先ほど破壊した監視カメラ——何となく嫌《いや》な感覚があったので、そろそろと壁を登って調べたところ、あっさりと発見してしまった——を、横見《よこみ》に見せた。彼は先ほどの失態を気にしてか、懸命にそれを分解し、中身を見定めている。

「分かる……のか？」矢崎《やざき》の問い掛け——彼の顔は、すっかり血の気が引いてしまっている。蒼白《そうはく》の肌は、否応《いやおう》なしにこちらの焦燥を駆り立てる。

「わ、分かる。赤外線ＬＥＤがレンズの周りにあって……光センサーがあるから、夜になると自動的に赤外線に切り替わる仕組みなんだと、お、思う」

「ということは、夜闇《やみ》に乗じて……という訳にもいかないのか……」僕はしばし考える。

「で、でも急がなきゃ！　急がなきゃ、矢崎が……！」

深山《みやま》さんの切迫した声。それは分かっているが……走る速度を考えると、

「心配……ありがたいが……俺の容態は……考慮に入れるな……」

矢崎が笑い……急に引きつけを起こしたように咳《せ》き込んだ。

「矢崎くん！」

「やだ、やだ……！」

あやなと深山《みやま》さんが慌てて駆け寄る――僕も跪《ひざまず》いて、矢崎《やざき》の銃創を確かめる。鎮痛剤を打つほかにはもう、どうすることもできない。

「ねえ、赤神《あかがみ》くん！　何とか……何とかして！」

「……」沈黙をもって返すしかない。今の彼に必要なのは、医者だ。人殺しではない。

「何とかしてよ！　お願い……お願いだから……」

深山さんが崩れ落ちる。彼女は賢い、うっすらと理解しているのだろう。矢崎はもう、絶対に――救えない。

「みや、深山っ。て、手をっ、手を、に、握ってっ……」

涙を目にいっぱい溜《た》めながら、深山さんが矢崎の手を握り締める。あやなが僕の腕を摑《つか》み、揺さぶった。

「矢崎……いいか？　聞いてくれ」

僕は矢崎に呼びかけて、聞いた。ひょっとすると、卑怯《ひきょう》極まりない行為かもしれない。

「矢崎。僕らは、できるだけ早く逃げなきゃならない。本当は絶対安静の矢崎を担いででも」

「……う、ああ……」

「……逃げて、いいか？」「当たり前……だ。い、いいか？　お、俺が死んでも、お前ら、いそげ、し、しぬな」矢崎は笑った。唇の端を釣り上げ、痛みを必死に堪えながら笑っていた、すごい奴だ。矢崎はしばらく笑っていたが、やがて意識を失った。ひょっとすると、このまま目を覚まさないかもしれない。

僕は矢崎を担いだ。

「全員、準備はいい？」

無言で頷《うなず》いた。あやなも深山さんも、そして横見《よこみ》も疲労困憊《ひろうこんばい》といった感じだけどここで立ち止まる訳にもいかなかった。

「GPSネズミは？」

「大丈夫、瓦礫《がれき》の穴に潜っちゃった」

一時しのぎにしかならないだろうが——。

「よし。心配しなくても、今のところは走るより歩いた方がいい。カメラを見つけたら迂回《うかい》しなきゃいけないから」

「見つけられる——？」

「見つけられなきゃ、まずいことになる」

僕たちは崩れた建物から外へと飛び出した——。薄紫色の空は、落ち着いた状況下で見ればきっと美しいに違いない。けれど、今の僕たちに必要なのは何もかもを塗り潰《つぶ》す闇《やみ》だった。

……とはいえ、今の状況なら、あちこちに設置されている監視カメラを見つけやすい。一つ見つけて、早速迂回《うかい》を指示する。背負った矢崎《やざき》は、ぞっとするほど生命の気配がない。

あやなも深山《みやま》さんも、そして横見《よこみ》も歯を食いしばって歩き続ける。どこまでも、どこまでも続く崩壊した街――地獄のようだ、と僕は思った。

監視カメラは――大丈夫、見あたらない。見られている、という感覚もない。僕は、どちらかといえば後者の感覚的なものを信じていた。

一時間……いや、二時間歩きづめだっただろうか。僕は監視カメラの死角になる建物を発見し、全員を休憩させることにした。もう、既に日はあたりを照らし出している。双眼鏡か何かで捕捉されたら大変だ。

いや、双眼鏡などなくとも僕たちを見つけることはできる――ああ、最悪の予想が当たりませんように。祈りながら、僕は矢崎を降ろした。

矢崎の呼吸はひどく弱々しかった。蒼白《そうはく》の顔は相変わらずで、首筋に指を当てても脈が弱まっていることは明らかだった。

「矢崎……」

深山さんが、また泣き出していた。僕はあやなにその場を任せ、路地裏を行きつつ周囲を探った。淡い光が差し込み、苛立《いらだ》たしいほどのいい天気だ。だが、人の気配はない。風がひゅうひゅうと吹いて、土砂を撒《ま》き散らす。

ふと右手を見る――乾いた血を見て顔をしかめる。血に染まって汚れた手、今さら感傷めいた感情がふと心をよぎる。だが、一片の後悔もありはしない。僕はただ、あの三人を救出するのに全力を尽くすだけ。

「……三人？」

今、僕は何で……三人と数えたのだろう。かんかん、と石で壁を叩《たた》く音がした——あやなの合図だ。僕は直ちに戻り、三人と自分が数えた事情を理解した。

啜《すす》り泣く深山さん。泣きべそをかくあやな。自己嫌悪で今にも自殺を選びそうな横見。そして、眠るように息を引き取った矢崎。

「矢崎くんが……」

脈を取る必要すらなく、感覚で分かった。矢崎一平《いっぺい》は、死んでいた。衝撃よりも先に、これからの逃亡手段に幅ができたことを喜ぶ自分がいた——自己嫌悪で、蹲《うずくま》りたくなる。

「……どうして、平気なの？」

矢崎の両手を握り締めた深山さんがぽつりと呟《つぶや》いた。

その質問に困惑し、僕はもごもごと口の中で言葉を咀嚼《そしゃく》した。

「どうして平気なの？　どうして、そんなに平然としていられるの？　私、赤神《あかがみ》くんが分からない……なんで、なんで赤神くんは、平気で人を殺せるの？」

「……」それは、説明するのはひどく難しい。深山さんは、僕を殺しかねない勢いで睨《にら》んで言った。

「赤神《あかがみ》くんは、私たちなんかどうでもいいって思ってるんじゃないの!?」

「そんなこと、思ってない……」語尾が弱い。僕は自信がない――僕は、殺戮しかとりえのない僕は、この三人をどう思っているのだろう。

守るべき大切な人たち――あるいは、逃げ延びるためには邪魔な存在。

「――葉瑠《ハル》ちゃん」

気まずげな沈黙の中、あやなが僕を庇《かば》うように前に出た。深山《みやま》さんと対峙《たいじ》したあやなは、喜《き》怒哀楽《どあいらく》を表に出さず、ただ静かに彼女を見据えた。

「……楼樹《ろうき》くんに、謝って」

深山さんがびくりと全身を震わせた。あやなはそれでも、淡々と言葉を紡《つむ》ぐ。冷静に、深山さんに切り込んでいく。

「お願い。……謝って」彼女は静かに頷《うなず》き、申し訳なさそうな目で僕を見た。

「……ごめん、赤神くん。どうかしてた。矢崎《やざき》が死んじゃって、頭が混乱してて、そうだ、矢崎死んだんだ、死んだんだよね、死んだんだ……」

深山さんは矢崎の死体に縋《すが》りつき、嗚咽《おえつ》した。あやなはほっと胸を撫《な》で下ろしつつ、深山さんの頭を撫でた。

……ああ、そうか。あやなは、深山さんの感情の混乱を鎮《しず》めたかっただけなのか。混乱した深山さんに、まず悲しむべきだと伝えたかったのか。

しばらく、深山さんは啜《すす》り泣いていたが――やがて、ぐいと涙を拭《ふ》いて立ち上がった。

「行きましょう。……もう、充分に休んだわ」

「分かった」

深山さんは目を伏せつつ僕に告げた。

「……さっきはゴメン。でも、それでも問い質《ただ》したいことがあるわ。赤神くん――あなたは、何者なの？　相手は銃を持っているのに、怖くないの？　もし、もし怖くないとしたら――」

悲しげな呟《つぶや》きを、真っ直《す》ぐ深山さんは僕に投擲《とうてき》した。

「赤神くんは――破綻《はたん》しているわ」

心の底から分かりやすい言葉で、僕の異常性を教えてくれた。礼を言いたいくらいだった。

僕は、どう考えても――何かがおかしい。人として、何かが壊れていた。

「僕が何者なのか……僕も、それをいつも知りたかった。ただ、確実なことが一つある。深山さんの言うように、たぶん、僕は……破綻しているんだろう」

けれど、それでも。今はその異常性と才能こそが三人を救えるかもしれないんだ。先のことは考えず、現状のみに思考を費やすことで、僕は己の精神が破綻しないようにしのいだ。

「大丈夫だよ！」

あやなが叫び、僕の両頬《りょうほほ》に手を差し伸べた。

「楼樹《ろうき》くんは、絶対に大丈夫なんだから！」

その言葉に、僕は少し泣いてしまった。


「矢崎《やざき》くん。ごめん、今は置いていくしかないけど……」

そう言いつつ深山《みやま》さんは、矢崎の上着を彼に被《かぶ》せた。

そして、顔を隠す前に、軽く唇を重ねた。

「……さようなら。あなたのこと、好きだったよ。たぶん、あなたが思っている以上にあなたのこと、好きだったよ」

最後にそう告げて、彼女は立ち上がった。深山さんの一番の長所を、今さらながらに思い知った。彼女は絶対に挫折《ざせつ》しない、挫折を味わったことがないのではなく、挫折しそうなところで歯を食いしばって立ち上がることのできる女の子なのだ――。

そして、僕たちは再び出発した。


太陽の位置から考えて、恐らく正午近くになったところでもう一度休息した。体力的に考えて、そろそろ何でもいいから食事がなければ危険だ。単なるサバイバルならばともかく、全力で逃げるための気力と体力が今は必要だ。

三人の顔を見る――極度の疲労と空腹で、ぼんやりとした状態だ。多少元気なのは先ほどの一件で逆に発奮した深山さんくらいのもので、あやなは目をつむって眠りかけていたし、横《よこ》見《み》は蹲《うずくま》って空腹の際の胃が締め上げられるような痛みに耐えていた。食料を手に入れられなければ刻一刻と体力が落ち――ますます逃げることが困難になる。そして、この先今のように休憩できる状態とは限らない。むしろ、これが最後の休憩かもしれないのだ。

やはり、食料が必要だ。先ほどいたネズミのように、この崩壊した街にも動物が住み着き始めているかもしれない。僕は大通りの向こうに目を向けた。恐らく、元は動物を放《はな》し飼いにしていた国立の公園か何かだったのだろう。街中にしてはやけに規模の大きい森が広がっていた。

「深山さん、向こうの公園に行ってくる。……水が必要だ。できれば食料も。ここに残って二人を守ってくれ」

「分かった。任せておいて」

深山さんは杖《つえ》代わりに使っていた高性能ライフルを軽く叩《たた》いた。いざというときが来るまで、絶対に撃たないようにと忠告した。そして万が一、突発的なトラブルが起きた際の対処法……特に、はぐれた状態での合流場所を、三人に叩き込み、僕は走り出した。

――遠ざかりながら、彼らがいる建物にもう一度だけ目を向けた。

大丈夫。周囲には誰もいない。それどころか、先ほど建物の屋上で確認した――GPSをつけたネズミを彼らは追っている。遠くから乾いた銃声すら耳に届いた。よほどのことがない限りは、間もなくその時間稼ぎも終わりになる……さすがに人の気配がなく、入り込む隙間《すきま》もないのに誤魔化《ごまか》せるとは思えない。向こうは、カメラが壊れたことを知っているのだからこちらがちゃちゃちなトリックで引っかけたことなどすぐに読むだろう。

だがしかし、今の自分たちは動いていない。僕は監視カメラなどに捉えられない自信があるし、三人は建物の陰に隠れたままだ。よほどのことがない限り、会話もできるだけ近くでやるようにと伝えてある。

――まだ、多少の余裕はあると僕は判断していた。

ただし、僕は自分の狩猟及び植物採集を帰還も含めた上で二時間と限定していた。それ以上離れるのはお互いに不安だった。三人がパニックになることだけは避けたい。素早く、やるべきことをやらなければならない。

走る――さすがに僕も疲労が溜《た》まっていた、体を丸めて眠りたいとも思った。だが、意思の力でそれをはね除けた。彼女たちを生き残らせるために、僕はひたすら必死になって足掻いていた。

公園に入った途端に、何となく感じ取る。ここには街にはない〝生〟の息吹がある。何かが逞《たくま》しく生きている、あの山のように。

ただし、荒れ果ててはいる。人の手で造られた噴水は、塗料が剝《は》げている上に台座のブロンズ像は、胴体から上が粉々に破壊されていた。木のベンチは長年風雨に晒《さら》されたせいで、腐ってしまったらしい。中央でべしゃりと潰《つぶ》れていた。

草地に踏み込み、僕は早速植物と水を漁《あさ》った。恐らく元噴水だったところに水が溜まっているが――ダメだ、腐っている。だが、植物はたくさん見つかった。赤と黄色の、イチゴっぽい実をつけた植物があった。一個のそのまた半分程度を潰して舌で舐《な》めた、久しぶりに味わう水分に喉《のど》が妙に痛かったがそれ以外は問題なさそうだ。それをあるだけ回収した。

それから、僕は森林区域に入った。爽《さわ》やかというよりは陰鬱《いんうつ》な雰囲気が強い。昼だというのに、木の高さのせいかやけに薄暗いせいだろう。

ところどころで木がへシ折れていたりするのは戦争のせいなのだろうか。探せば、兵士の白骨死体くらいは見つかりそうだ。

ざっと見回したところ、ここ最近人が入り込んだ雰囲気はない。

逃げた者が皆、街の方を選んだか——あるいはここまで辿《たど》り着いたものが単純に今までいなかったか。

「……まさか、熊《くま》は出ないよな」

そう言ってちょっと背筋が寒くなった。もっともよほど凶暴で手負いでもない限り、熊と戦う羽目にはならないだろうけれど。

大地に伏せて目を皿のようにする——動物の足跡らしきものが無数にぺたぺたとついていた。よし、食料はどうにかなりそうだ。

そして、動物がいるということは水源もあるということだ。

僕は耳を澄ませて、ゆっくりと歩き出す。

森の中は雑音《ノイズ》だらけだ。動物の鳴き声、木の枝が揺れて葉が擦《こす》れる音——その他諸々《もろもろ》の環境音の中から、僕はちょろちょろという水音を探り出した。急いでその場所へ向かうと、果たして細い小さな川が流れていた。

走り寄って、自分で少し飲んで味を確認した。ようやく、自分も喉《のど》が渇いていることを自覚して——がぶがぶと水を飲み続けた。腹に溜《た》まったような感覚を抱くくらいに飲んでから、救急キットにあったラテックスの手袋の中に水をたっぷりと入れた。動物の足跡からも判断するに、この川が水飲み場として機能していることは間違いない。

がさっという足音に僕はそちらに振り向いた――動物がいた。小型のシカだ。人間を目にしたことはないらしく、ぱちぱちと瞬《まばた》きしてきょとんとこちらを眺めている。ゆっくりと警戒させないようにクロスボウを構え――迷わず射《い》った。

今は、環境保護だの動物愛護だのを考えている場合ではない。生きることが何より重要であり、目の前のごちそうを見逃す訳にはいかなかった。

シカの首筋に矢が突き刺さり、瞬時に絶命した。この大きさでは持ち帰ることもできないだろう――持ち帰ったとしても、目の前で解体すれば三人の食欲をなくすだけだ。ともかく、肉をある程度切り取って持って行くしかない。

狩人《ハンター》たちから強奪したベルトを使い、川辺のひときわ大きな樹の枝にシカを吊《つる》した。

僕は記憶を総動員しながら、とにかく解体に取りかかった。

まず喉を切って血を抜いたあと、喉から尾まで毛皮に切れ込みを入れて、皮を剝《は》いでから生殖器官とその周囲を抉《えぐ》り出し、内臓を抜く。あとは肉を解体する。……と、一連の作業をどうにか記憶の通りに再現した。まさか自分が動物を解体することになるとは……何でも、覚えておくものだ。

太腿《ふともも》や肩、腰の肉を大雑把《おおざっぱ》に刻み、これをみんなに渡す分とする。

植物、水、肉と揃《そろ》ったところで、帰還予定の時間帯となった。僕は吊していたシカを降ろした――あとは、他の動物や虫が上手《うま》く処分してくれるだろう。

僕が帰還すると、全員が力なく出迎えた。深山《みやま》さんもこの二時間で気力が切れかかっていたらしく、掠《かす》れた声で「おかえり」と言った。僕はまず、ビニール袋いっぱいに集めたラズベリーに似た実を見せた。

「あんまり一度に食べると体によくないから。少しずつ食べて」

僕は一番元気がなさそうなあやなに一つ実を食べさせた。それから、手袋に詰めた水を各自に手渡し、少しずつ啜《すす》らせた。

「あやな、ゆっくり飲んで。一気に飲むと、喉《のど》が痛いから」「……うん」

こくりと力なく頷《うなず》くあやなに、僕は苦労しつつ手袋の水をゆっくりと飲ませた。多少咳《せ》き込んだあとは、わりと平気になったらしく、ごくごくと水を飲み干していった。半分ほど飲んだところで、僕はひとまず取り上げた。これから肉を食べるため、水分も必要になる。僕はバックパックから大量の肉を取り出した。全員の目が爛々《らんらん》と輝くのが、ちょっと怖い。

「全員、動けるだけの体力がついた？」肉体的にはともかく、精神的には水と果物を補充したことで多少緩和されたらしく、やや力ないながらも全員が同意した。

皆の力を借りて、瓦礫《がれき》を組み合わせて外に火が漏《も》れないように囲いを作り、そこで肉を焼いた。火は、昨日のハンターから奪ったサバイバルキットのマッチを使用した。白い煙は建物の隙間から抜け出るとそれほど目立ちはしないようだ。焼いた端から全員が食べていくので、肉はあっという間に消失していく。味については、塩と胡椒《こしょう》が欲しいと言われた。まあ、無茶だ。塩分とミネラル補給のため、抜いた血も手袋に詰めていったのだけど、皆一口味わっただけで顔をしかめた。肉はできれば燻製《くんせい》を作って保存したかったが、既にここにとどまって三時間が経過している。水がまだ残っているかを確認し、僕たちは瓦礫をなるべく元の通りに片付けると、再び出発した。

――時間帯的には、もうそろそろ夕方――陽が沈み始める時間帯だ。横見《よこみ》が僕に恐る恐る言った。

「そろそろどこかに隠れないと、監視カメラに捉えられる。赤外線だから、僕らには見えなくても向こうには見えるはずだ」

僕は周囲を確認した。監視カメラはない、ただここから先は監視カメラの範囲も考えるとほとんど一本道だ。そこが少し気になるといえば気になるが――。

「いや。監視カメラの設置パターンはほぼ理解できた。先を急ぐ方がいい」

「……え？　理解できたって？」横見が啞然《あぜん》とした表情を向けた。

このストリートの監視カメラは、真下にいれば安全だ。ストリートの向こう側――僕らから見て左側――は、ほとんどの建物が破壊されているせいで、監視カメラがつけられていない。しばらくは壁に沿って歩けばいいだろう。

「出鱈目《でたらめ》なら僕も分からないけど、なるべく死角を作らないようにって設置してあるから」

それはある意味において、僕たちを追跡するクラブに対する信頼とでもいうべきものであった。彼らは大規模な組織であり、街を一つ買い取って狩猟場にするくらいは簡単な行為だ。そして、設置した監視カメラに死角が少なくなるようにきっちりとパターン化するのも当然だ。となると、こちらはそれを考慮した上で逃げればいい。広く、そしてあちこちで建物が崩れて死角ができているこの街は、わりと逃げやすいと思えた。

「それを見抜く、お前が凄《すご》いんだと思うよ……俺は」

そう言いつつ、横見《よこみ》は暗い顔で首を横に振った。

「お前をもっと、信じればよかった。そうすれば、あんな無様な真似は――くそ」

「……それ以上考えない方がいいよ」

僕はそう言って軽く肩を叩《たた》こうとして――反射的に思い切り突き飛ばした。

「え!?」


――あ、撃たれた。

そう自覚した次の瞬間、僕は右目の視覚が奪われたと知った。角度から考えるに、僕から向かって左側上方から撃った銃弾が当たったのだろう。倒れながら、僕は自分の肉体を解析する——左目、視覚あり。思考——明晰《めいせき》。痛みは存在するが、それはただの危険信号に過ぎない。結論、半分の視覚が消失しただけならば、戦闘続行に——依然、問題はない。

一瞬遅れて、悲鳴があがった。

「楼樹《ろうき》くん！」

ぞっとする悪寒、駆け寄るあやなに叫ぶ。

「伏せろ！」

あやなは間髪容《かんはつい》れずに伏せた。それが功を奏したのか、次の銃弾はアスファルトを砕いただけにとどまった——とどまったが、僕は今の銃弾があやなを狙ったものだったことを理解した。

吼《ほ》える——僕は跳躍するように動き、あやなを抱えて狙撃手《スナイパー》の領域から全力で逃避——すぐ右の路地に入り込んだ。横見は突き飛ばされたところを深山《みやま》さんに引っ張られている。狙《ねら》おうと思えば容易《たやす》く狙える位置だけど、あの狙撃手は僕だけを狙っているように思えた。

——たぶん、あの男だ。

あの最初の建物から出る直前、僕の肩を掠《かす》めた銃弾を撃ち放《はな》った男だ！

建物――恐らく、ここから約三〇〇m離れたビルの屋上。そして、最悪なことにここは行き止まりだった。今の僕たちは比較的無事だった建物の壁に挟まれており、両サイドとも逃げるための窓一つとしてなかった。あるのはただ、垂直に切り立ったコンクリートの壁だけだ。僕だけなら、登れないこともないが、僕以外の三人は無理だ。向こうに逃げようと通りに出た瞬間、頭を吹き飛ばされる。

だが、もたもたしている余裕はない。どうあれ、僕たちは発見された。監視カメラに捕捉されたか、あるいは――あるいは、監視カメラの死角を行こうとする動きを完全に読まれたかだ。

恐らく後者だ――そう思った。あの狙撃手《スナイパー》が、悟ったに違いない。

「もたもたしてる暇《ひま》はないわね……」深山《みやま》さんは、担いでいたライフルを慎重に弄《いじ》りだした。

三〇〇m先の相手を狙えるとはさすがに思えない。

「自信ある？」僕の問い掛けに、深山さんはかぶりを振った。

「ないけど、やらなきゃ……」

その不安そうな言葉に、僕はやはりやめておこうと言おうとしたが――それより先に、次の暴力《バイオレンス》が襲いかかった。

「楼樹《ろうき》くん！」あやなが叫びながら空を指さし、僕たちは一斉に上を向いた。そして、非現実的なイベントをいくつもくぐり抜けてきたはずの僕たちは——心の底から、唖然《あぜん》とした。

黒いレースの、洋式の喪服を着た女性らしき人がビル、の、壁、に、張、り、つ、い、て、い、た。女性らしき、というのは体型でそう判断せざるを得ないというだけで、顔はとても判別できそうになかった。

——ガスマスク。彼女はそれを装着していた。それも、特殊部隊の人たちがよく装着しているような丁寧《ていねい》なものではない。金属と布でできた、どことなく古めかしいものだった。

彼女を見た瞬間、理解した。

慄然《りつぜん》とする。眼前の女は今、ま、で、殺、し、て、き、た、連、中、と、は、桁、が、違、う！　そして、何より接、近、さ、れ、る、の、は、絶、対、に、危、険、だ！

壁に張りついていた女が、かさかさと蟲《むし》のように滑らかに動いて地面に降り立つ。思わず、僕以外の三人が後ずさった。

僕はククリナイフを鞘《さや》から引き抜き——彼女目がけて飛び込んだ。

「楼樹くん!?」

「僕に近づくな！」

女の右腕が煌《きら》めく――まるで、夢に出てくる殺人鬼がつけているみたいな大型の鉄爪《てつづめ》だった。鉄爪に隠された指の先端には、何故《なぜ》か注射器が取り付けられており、妖《あや》しい色の液体がテラテラと光っていた。……絶対にあの指には刺されたくない。

僕はククリナイフをちらつかせた――女は全く恐れない、ガスマスク越しに僕は女の瞳《ひとみ》を垣間《かいま》見た。……怒ったホオジロザメの方が、まだマシな目つきをしていると思った。

一刀両断《いっとうりょうだん》で首を切り捨てる――そう決意を固めた。そんなとき、背後でまたも悲鳴があがった。どうやら、通りの向こう側から、何かがやってきたらしい。

「な、な、何よ――あれ!?」

僕は姿を捉えることはできなかったが、チェーンソーの唸《うな》る音が聞こえただけでどんな化け物がやってきたかは理解した。

§　§　§

世界のあちこち。小国の豪邸で、大国の密《ひそ》やかな別荘で、誰も立ち入ることの許されないオフィスで大歓声が沸いていた。

カメラのディスプレイを睨《にら》んでいた〝ミスター〟も安堵《あんど》の息を吐いた。ようやく捕捉することができた。これでつまらない結末に終わらずに済みそうだ。

「〝ロビン・フッド〟め……まさかと思ったが」

彼は言った——最早《もはや》、監視カメラで彼ら（より正確に言うとあの少年）を捉えるのは不可能だと。何故《なぜ》なら、カメラは規則正しく死角を極力排除するようにセットされている。一括購入したために、性能も仰視角度も全て同じ。故《ゆえ》に、死角を発見するのは逆に容易——。

ありえない、と思ったが実際にロビン・フッドはそれをやってのけた。カメラの死角を歩いて、突然いるはずのない地点に現れたのだ。

ロビン・フッドは少年のことを怪物だと褒《ほ》め称《たた》えるが——〝ミスター〟にしてみれば、彼の方がよほどの怪物だ。人種も不明、年齢も不明、性別だけは男だというのがかろうじて推測できていた。経歴だけは立派だった——元々〝ミスター〟のボディガードとして起用された彼は、その一種超能力じみた〝先読み〟で、〝ミスター〟のあらゆる外敵を排除し続けた。

そして、それならばと雇用契約を結び直し——今に至る。彼は中世イギリスの英雄ロビン・フッドを名乗り、その凄《すさ》まじい狙撃《そげき》能力で会員たちの目を楽しませた。

こんなエピソードが残っている——ある親子が標的として選ばれたことがあった。親は子供を抱き、この街を走り続けた。凄まじいまでの生存への執念が、会員たちの狙撃を悉《ことごと》く免《まぬが》れた。

〝ミスター〟はロビン・フッドに委託し――彼は引き受けた。親は子供を、大柄な体に包むようにして運んでいる。ロビン・フッドはその子供のみを狙《ねら》い、射殺した。その、あまりにも緻密《ちみつ》かつ静謐《せいひつ》な狙撃《そげき》は――抱いた父親に気付かせることすらなかった。

父親は子供を励まし続け、走り続けた。そして、安全だと思った場所で抱き締めていた子供を解放すると、ようやくとうの昔に死んでいたことに気付き――慟哭《どうこく》と嗚咽《おえつ》ののち、建物から飛び降りて死んだ。

あのおぞましい悪意による滑稽《こっけい》かつ芸術的な惨劇――通称「魔王」は、会員の間では語り草だ。

「〝ロビン・フッド〟どうした？　撃て」

ロビン・フッドの狙撃銃にはスコープはなく、代わりに銃のサイドにビデオカメラがセッティングされている――三〇〇mの距離からでも、彼は照星と照門のみを手がかりとして射撃し、標的を仕留めていた。

「いや、撃てない。撃てばあんたのお気に入りを殺しちまう」

「……何？」

「〝ハリウッドスター〟だよ、あの馬鹿がでかい図体で射線に入ってきている。撃ち殺したらまずいよな」

　……確かに彼の言う通り、それはまずい。だが——。

「お前の腕を振るう機会だとは思わないのか？」「面白ければ、いくらでも。……だが、今の俺はあの男を撃つことしか考えられないんだ」

　ロビン・フッドの豪快な笑い声——銃に装着されたカメラが、空を見上げている。どうやら、銃を構えるのをやめてしまったらしい。

「そら、あとはあの二人に任せれば残り三人は片付くさ。おお、早速一人死んだじゃないか。よくやったぞ、ハリウッドスター！」

　ロビン・フッドの声に、ミスターは慌てて〝ハリウッドスター〟が肩に装着したカメラの映像を確認した。なるほど確かに死体があった——脳天から股間《こかん》まで、真っ二つに切断された死体が。ミスターはその映像を別のディスプレイで巻き戻すように命令した。

§　§　§

　横見《よこみ》と貴島《きしま》あやな、そして深山《みやま》葉瑠《ハル》の目の前に現れた男は、先ほどのガスマスク女以上の異形さを誇っていた。

まず、巨漢だった。身長はおおよそ二m近く。肥満体ではないが、体重も軽く一〇〇kgを超えるだろう。一番目につくのは――そのホッケーマスクと顔に打ち込まれた針だ。服もまた異常だった。赤と緑の横縞《よこじま》のセーターと中折れ帽、そして革製のエプロン。手には凶悪なデザインの電気鋸《チェーンソー》。

見る者が見れば理解できた。まるでホラーマニアの小学生が考えたみたいに出来の悪い、まさにホラースターの寄せ集め殺人鬼。

「キルマム！　キルマム！　キルキルマム！」

甲高い叫び声をあげながら、チェーンソーを高々と掲げた――どんよりと赤く薄汚れた目が、ぎょろりとあやなに向けられた。

「あ……」

あやなが凍りついた。他人の敵意にひどく鈍い彼女であったが――この異常な状況下で何とか平静を保っていられたのはそのおかげともいえる。

しかし、今の彼女でもさすがに理解できるほどの〝何か〟がハリウッドスターの目には溢《あふ》れていた。敵意、殺意、狂気、憎悪、歓喜――それら全てが混ぜ合わさり、黒い泥のように絡みついている。

貪欲《どんよく》な獣の目が、舐《な》めるように彼女を見る。楼樹《ろうき》くん、と声を出そうとした。だが、赤神楼《あかがみ》樹は自分たちの背後でガスマスクの女と激闘を繰り広げていた。つまり、前も後ろも塞《ふさ》がれ——逃げ場所がない。深山葉瑠《みやまハル》が震えながらライフルを構えようとしている。だが、目の前の男はそれを見ても全く動じず、両手に握り締めたチェーンソーを震わせながら無造作に近づいていく。

「キルキルキルキルキル、マムマムマムマムマムマムマム！」

とてつもなく異常な光景——葉瑠が、ようやくライフルの銃爪《ひきがね》を引いた。あっさりと命中、腕を掠《かす》めた。やった、と思ったが男はまるで意に介した様子もなく、どんどんと足音高く近づいていく。

「あ……！」慌てて葉瑠はライフルの再装塡《さいそうてん》を行おうとする——がちゃがちゃと、力なくボルトを何度も引く。パニックのせいで、何をどうやればいいのかすら分からなくなった。

「うぃんうぃんうぃ————ん。うぃ————ん！」

子供っぽい声——男がチェーンソーを掲げる。既にあやなの間合いに入っている、彼が振り下ろせば、それであやなの人生は終わる。

「うぃ————————ん！」

「うあぁぁぁぁぁぁぁあっ！　ちっくしょううううううううううっ！」横見《よこみ》が飛びかかった——チェーンソーを持つ男の手を押さえ付けようとした。

「うぃん？」

「逃げろ！　逃げろおおおおおおおおっ！」横見《よこみ》の叫びに、ようやくあやなの呪縛《じゅばく》が解けた。咄嗟《とっさ》にいつまでもライフルをいじっている葉瑠《ハル》の手を引っ張り、走り出した。

通りに出た——撃たれることを覚悟して、それが深山《みやま》葉瑠ではなく自分であればいいかな、などと思った。

だが、撃たれはしなかった。あやなはそれを、幸運だと思ったが実際には違った——会員たちの要望に、〝ロビン・フッド〟が応じただけである。つまり、〝ハリウッドスター〟が彼女たちをバラバラに引き裂くところを見てみたい——ただそれだけで、ほんのわずか彼女たちの命は永らえた。

「まあああああああああむ！」

ハリウッド・スターは無造作に横見の両手を払いのけ、彼を脳天から叩《たた》き斬《き》った。横見が苦痛の絶叫をあげる暇《ひま》すらもない、凄《すさ》まじい早業《はやわざ》だった。切断までに十秒もかかっていないに違いない。血が飛び散り、彼の体を汚した。

あやなたちは振り返らず、ただただ真っ直《す》ぐに走り続ける。〝ハリウッドスター〟は彼女たち——より正確に言うと、貴島《きしま》あやなだけをずんずんと——歩いているにもかかわらず、凄まじい速度で追いかけ始めた。

あとに残されたのは横見の死体だけ。

それでも彼は指し示した——己の気高い勇敢さを。

――女のことを語ろう。

〝ウィドウ〟は自らの手で夫を殺害している。製薬会社に勤めていた彼女は地味で目立たず、ひっそりと暮らしていた。彼女の悩みはただ一つ、最近警備会社を首になって酒に溺《おぼ》れ始めた夫だけである。

元々賃金でも妻と格差があった夫はその劣等感のあまり、暴力を振るうことはたびたびだったが、それがいっそうひどくなった。

妻は無言で、仕事をこなし――ある日、夫が自宅に堂々と女を連れ込んでいるのを目撃した。夫を問い詰めることもなく、妻は無言で会社に戻って毒薬を盗み出し、護身用のスタンガンで二人を徹底的に痛めつけた。その間、妻は夫と浮気相手のあらゆる懇願に耳を貸さなかった。それから毒薬を飲ませ、二人が悶《もだ》え苦しむ様をビデオで撮影しながら、死ぬまで眺め続けた。

夫が知らないことが一つある。

彼女は、子供の頃からずっと――こうして、何かが死に行く様を眺めるのが本当に好きだった。稚拙《ちせつ》な死体隠蔽《いんぺい》はあっという間に警察に勘づかれた。何故《なぜ》殺したのか？　浮気がそんなに許せなかったのか？　という問い掛けに対して、彼女はあっさりと答えた。

「……いえ。ただ、これなら殺してもいいだろうなって思いました。いつも、楽しみに待っていたんです」

精神鑑定を受けるために、病院へ収容され——〝クラブ〟の力によって保護された。彼女は、夫を殺して以来、毒に魅せられたようで様々な毒を自身で調合し、獲物で実験を繰り返した。彼女が毒のスペシャリストとなるのにそう時間がかからなかったのは想像に難《かた》くない。何しろ——実験体《えもの》は、無数に存在したのだから。

§　§　§

僕が持つククリナイフは、誰の手によるものかは分からないが——ともかく、日本刀でいう業物《わざもの》であることは間違いなかった。

幾度血を吸ったかも不明な分厚い刃は鋭い光を放《はな》っている。自動車のドアでも叩《たた》き斬《き》ることができる——僕は、そう確信していた。これにかかれば、人体など脆《もろ》い豆腐のようなものだ。

そのククリナイフと、彼女の鉄爪《てつづめ》が激突した。

激突するたびに飛び散る火花。いかなる材質で構成されているのかククリナイフの一撃を受けても尚《なお》、その爪は壊れない。僕の力が足りないのか、それとも向こうの力が強いのか。

「愛しているわ！」

女の絶叫——思わずたじろぎたくなるほどの、愛の告白だった。いや、絶対に御免蒙《こうむ》りたいけれど。

「愛しているの！　貴方《あなた》！　貴方！　おお、愛しい貴方！」

甲高い声がじんじんと耳に響く。くそ、早くあの二人に追いつかないと——！

速度に乗った鉄爪《てつづめ》が、とてつもないリズムを刻む。先端の針に刺されるのだけは、絶対に避けなければならないと全身が警告を発していた。だが、そのせいで自分の攻撃がどうしても今までのように上手《うま》くいかなかった。

「刺《ファックユー》してあげる！　刺《ファックユー》してあげる！　刺《ファックユー》してあげる！」

女が跳躍——狭い裏路地だ、好機と見て取った僕はククリを振りかぶり——。

「うぁ……!?」思わず呻《うめ》いた。

壁から壁へ、たんたんとリズミカルに跳ねる。子供の頃よくやったスーパーボール並みに弾み、こちらの目を眩《くら》ませる。自分にできるかどうかを思考……たぶん、可能！

一気に跳躍する。背後のあやなたちが気になって仕方ない——振り払う。壁を蹴《け》る、もう一度蹴る、さらにもう一度蹴る。空中——地上から五メートルの高さで僕と女は激突した。

渾身《こんしん》の力を籠《こ》めたククリナイフの一撃——右手の鉄爪が折れた。地上へ落下——転がりながら着地。女も、四つ足で着地——最早《もはや》、人間技じゃない。というより、人間じゃないな。人間の大きさをした、毒牙持ちのムササビか何かだ。

鉄爪が折れたせいで、右手の構造が露《あら》わになった。注射針がてらてらと不気味に光っている——先端から液体がわずかながらに漏《も》れ出していた。

「愛《アイラブユー》しているわ」うっとりした狂気の声——もう嫌《いや》だこいつ。

手をこちらに向けて突き出す——手首の部分から、こちらに向かって突き出されたパイプのようなものが見えた。

生理的な嫌悪感とはまた違う〝何か〟が全身を駆け巡る。

「受け取って！　受け取って、愛する旦那様《ダーリン》！」

バックステップ——大通りに出ることも躊躇《ちゅうちょ》しなかった。同じ空気を吸うくらいなら、ライフルに狙われた方がまだマシだ！

彼女の両手首から、凄《すさ》まじい勢いで緑色のガスが噴出した。毒ガスだと確信する。

僕は大通りに無防備な体を晒《さら》した——刹那《せつな》、地面に倒れた横見《よこみ》の死体を確認して心が抉《えぐ》られるような痛みを覚えた。予想通り、大通りに飛び出した僕に、獣じみた殺気が集中する。屈《かが》み込み——僕は思い切り体を捻《ひね》りながら跳躍した。

銃弾の軌跡が視《み》える——直線で、ひたすら僕の脳を狙《ねら》ってくる。再装填《リロード》のタイミングが視える、こちらを狙《ねら》ってライフルを構え直す狙撃手《スナイパー》の姿すら視える。

「貴方《あなた》アアアアアアアアアアッ！」

女が突進する――計算する。僕はククリナイフを構え直し、ゆらりと体を動かす。再びの殺気――僕の脳が狙われる。地上スレスレまで倒れ込むように体勢を変更、ククリナイフの峰の部分を使って、突進してくるガスマスク女の脇腹《わきばら》に叩《たた》きつける。

「い、ぎっ……！」女の悲鳴――肋骨《ろっこつ》がへし折られたせいだろう。僕はそのまま、渾身《こんしん》の力で僕を庇うような位置に女を移動させた。

「貴方貴方貴方――――――――ぐぎゃ」

女の胸が吹き飛び、ガスマスクが外れて素顔が露《あら》わになった。毒物を吸い続けたせいか、皮膚《ひ ふ》は醜《みにく》く爛《ただ》れていた――表情も負けず劣らず歪《ゆが》んでいたが。

僕は這《は》いつくばりながら、素早く崩壊した建物の一つに飛び込んだ――よし。向こう側の入り口から進めばいい。僕は、はぐれたあやなと深山《みやま》さんを求めて、複雑怪奇《ふくざつかいき》な路地裏へと入り込んだ。

微《かす》かにチェーンソーの音がする――僕はその方向へと、真っ直《す》ぐ向かう。

死なせてしまった。あの横見《よこみ》を死なせてしまった。僕がついていながら、横見を死なせてしまった。それも、あんなひどい死に様で。

おかしくなってしまいそうだ、と思った。そう、死んだ人間一人一人が、まるでカウントダウンのようだった。クラスメイトたちが死に、先生が死に、館山《たてやま》が死に、矢崎《やざき》が死に、横見が死んだ。

残りは二人。

その中に――どうしようもなく、愛《いと》しい人間がいた。その少女が死んだ瞬間、たぶん僕は零になる。そんな絶対的な確信があった。僕が分からないのは、零になった僕は果たしてどういう存在になり得るかということだけだった。

§　§　§

――次は、〝ハリウッド・スター〟について少し語ろう。

彼はアメリカ人であり、いわゆるギーク《オタク》と呼ばれる人間であった。彼の好みは、映画。それもB級のホラー映画に限られていた。彼は図体こそでかかったが、のろまで頭の回転も鈍く、アメリカのスクールヒエラルキーの頂点に立つジョック《スポーツマン》にとっては格好のからかい相手だった。

馬鹿にされたとしても、へらへらと笑うだけの少年に、こいつは馬鹿にされているのが分かっていないのか、あるいは馬鹿にされることで興奮しているのだろうと周囲は考えていた——違った。彼は自分を馬鹿にした者を決して許しなどせず、彼がへらへらしているのはただただその時を待っていたからだ。

その時——卒業記念のダンスパーティ。彼は、『ゴーストシップ』というホラー映画を見て一つのことを学んでいた……ワイヤーを高速で移動させることで、人体を切断できる。『キャリー』という映画でも学んでいた……あらゆる場所を封鎖し、閉じ込めておくべし。

　そして、『十三日の金曜日』で学んでいた……殺人鬼は顔を隠すべし。そして全てのホラー映画から学んでいた……油断をするな。見事、彼はダンスパーティの会場を封鎖し、あらかじめ仕掛けておいたワイヤーで若者たちを真っ二つにし、生き残った人間も落ち着き払って惨殺した。映画のように殺人鬼へ反撃を試みる若者は一人もおらず、男は悠々と逃亡した。その逃亡先で、彼は〝クラブ〟に出合い、自分を肯定してくれる組織に忠誠を誓った。

　それは、彼にとって夢のような組織だったに違いない。自分が求めるものが全て、そこにあったのだから。殺人鬼〝ハリウッド・スター〟はまさに、アメリカンドリームを摑《つか》んだのだ。

世界中のセレブに屈指の人気を誇る〝殺人鬼《シリアルキラー》〟に。


走っても走っても、チェーンソーの音が途切れることはない。どこへ逃げても追い詰められているという感覚。先に気力が尽きたのはどちらだったか――いずれにせよ、二人は震えながらその身を寄せ合っていた。

「だい、じょうぶ……?」あやなの気遣うような声に、葉瑠《ハル》は頷《うなず》いた。

「うん。隅っこに行こう」建物の片隅に、二人は座った。葉瑠はただ一つしかない入り口に向けてライフルを構える。心臓が握り潰《つぶ》されそうな恐怖――あやなと葉瑠は、どちらからともなく手を繋《つな》いだ。葉瑠は安定感を増すために、自分の膝《ひざ》に銃床を当てた。

安全装置を確認する。銃爪《ひきがね》を引けば、銃弾は間違いなく飛ぶ。あやなの手から流れ込んでくる温かさが、葉瑠の手をどうやら震わせないで済ませているようだった。

「横見《よこみ》くん……わたしたち、庇《かば》ってくれたんだよね」

あやなが手をぎゅっと握り締めて言った。

「たぶん、あいつは裏切ったことをずっと気に病んでたのね」

横見の裏切りは許せなかった。突き詰めれば、矢崎《やざき》が死んでしまったのは彼のせいであることは明らかだ。

ただ、それでも――あの行為は勇敢で、崇高だった。人間を縛りつけるような悪意に、横見は単身で立ち向かったのだ。それを否定することは、誰にもできない。

「……負けない、負けてたまるもんか。絶対に生き延びてみせるわよ！」

「うん！」

ごくり、と唾《つば》を呑《の》む。近くから、チェーンソーの音が聞こえてくる。近づいてくるたびに、鼓動が加速する。

「さあ、来てみなさい――」

チェーンソーの音は次第に近づき、近づき、近づいて――それから、徐々に遠ざかっていった。

「……あれ？」「……？」

二人して顔を見合わせる。音はある瞬間、はたと止まってしまった。あとに残るのは、ただひたすら静寂だけだ。

「見失ったの……かな」「そう、だといいんだけど」

だがしかし――どこまでも追ってきそうなチェーンソーの音が聞こえてこない。ただそれだけで、絶対的な安心感があった。

構えていた手が痺《しび》れて、葉瑠《ハル》は一旦《いったん》ライフルを肩に掛けた。はぁ、と大きく息を吐いた。その安堵《あんど》を待ち受けていたかのように、凄《すさ》まじい破砕音が背後から響いた。

「ひ……やぁぁっ！」あやなの絶叫――壁から、丸太のような両手が生えている。その両手が、あやなの両肩をしっかりと握り締めていた。

獣じみた咆吼《ほうこう》と共に、コンクリートの壁が突き破られた。先ほどの〝ホッケーマスク〟が出現した。

「やだっ……やだぁぁっ！」

あやなは凄まじい力で壁に投げつけられた。どん、と背中を強く打ちつけられ、地面に落とされる。その衝撃で呼吸が止まった、恐怖と苦痛でぼやける景色を——ただ、呆然《ぼうぜん》と眺める。

葉瑠は慌てて後ろに飛び退《の》き、ライフルを構えようとする。男は、のんびりとした仕草で壁の穴からチェーンソーを担ぎ上げた。

「このっ……！」銃爪《ひきがね》を引いた。銃弾はまさしく、男の肩を直撃した。右肩から、派手に血《ち》飛沫《しぶき》が上がり、巨大なハンマーで殴りつけられたような勢いで、男は吹き飛んで倒れた。

「やった！」葉瑠は反射的にガッツポーズを取り、その後、慌ててあやなの元へと駆け寄った。

「あやな！　あやな、しっかりして！」

「う、あ……」葉瑠は安堵《あんど》した——大丈夫、生きている！

「大丈夫、あいつはやっつけたから！　それよりあんたの怪我《けが》！　大丈夫、喋《しゃべ》れる？」

「……葉瑠、ちゃん……」

安心したような表情を浮かべたあやなの顔が、強張《こわば》った。

「あやな？」

「うっ……うし、ろっ……！」あやなの途切れ途切れの言葉に葉瑠が振り向いた途端、その腹に男の腕がめり込んだ。

「あ、くぁっ……！」数メートル吹き飛ばされた。男の右肩から血が溢《あふ》れている──肉は抉《えぐ》れている。にもかかわらず、男はまったくの無頓着《むとんじやく》だった。

〝ハリウッドスター〟は右肩の傷など意にも介さず、眼前の標的のみを狙《ねら》う。両手でチェーンソーを大きく振り上げた──。

「ホッ、ホッ、ホーッ！　ホッ、ホッ、ホーッ！　キル！　マム！　キル！　マム！　キル！　マム！」

原始人のような勝利の雄叫《おたけ》び。じたばたと足踏みして歓喜を表現している。

腹から投げ飛ばされた痛み──というよりは、苦悶《くもん》というべき状態で、葉瑠《ハル》はどうにか意識を保っていた。歯を食いしばり、立ち上がることはとうに諦《あきら》め、這《は》いつくばりながら必死に彼女は探していた──この状況の、全てを引っ繰り返す手段を。

「も、う……一、度……」

ライフルを手に取る、構える──構えようとするが、力が入らない。ただの一撃で、自分の全てが粉々に破壊されたような気分。イカれた殺人鬼は怯《おび》えるあやなをじっくりと舐《な》め回すようにチェーンソーを近づけている。

その驕《おご》りに感謝しつつ、葉瑠はもう一度銃爪《ひきがね》を引いた────。だが、カチリという虚《むな》しい音が響いた。

「やだっ……！」葉瑠は慌てて、ポケットに入れておいた予備の弾薬を引き抜いた。それをつっかえつっかえ装塡《そうてん》しようとするが、その動きはいかにも鈍かった。

チェーンソーが跳ね上がり、一気にあやなの脳天に叩《たた》きつけられ――――その瞬間、葉瑠は反射的に目を瞑《つぶ》った。

「キル、マム！」

男の雄叫び――怒気混じりの。チェーンソーは未《いま》だに唸《うな》りをあげている。

「楼樹《ろうき》くん！」葉瑠はその言葉に安堵《あんど》したせいか、腰が抜けかけた。あやなの顔を真っ二つにする寸前で、チェーンソーは唸りをあげつつ止まっていた。チェーンソーのエンジン部分を、飛び込んできた赤神《あかがみ》楼樹が完全に押さえつけていた。

「ウウウウッ！」

唸りながら、男は尚《なお》もチェーンソーの刃をあやなに食い込ませようとする――しかしながら、エンジンを押さえ込んだ楼樹の腕は全く微動だにしない。そればかりか、ゆっくりとチェーンソーはあやなから離れつつあった。

葉瑠はようやく自分を取り戻すと、あやなの元へと駆け寄った。

「あやな！」

葉瑠は彼女の左腕を摑《つか》み、一気に床を引き摺《ず》った。

「葉瑠ちゃん、大丈夫!?」「あんたこそ、怪我《けが》は!?　頭割られてない!?」

「大丈夫……大丈夫」

葉瑠《ハル》はあやなと共にできるだけ遠くに移動した。さあ、あとはもう——見守るしかない。

怪物みたいな男と、死に神めいた少年との戦いを。

§　§　§

男の服装は、本当に奇妙だった。あの有名な殺人鬼が被《かぶ》っていそうなホッケーマスク、そして赤と緑色の横縞《よこじま》セーター、中折れ帽——これまた、有名な夢の中の殺人鬼の服装だ。

「アイ——」「……?」

男の呟《つぶや》きに耳を澄ます。男はホッケーマスク越しでも、それと分かるほどに目をギラつかせて叫んだ。

「アイ！　アム！　ハリウッドスタァァァァァァァッ！」

架空の殺人鬼をごちゃ混ぜにしたような巨漢は、確かにそう叫んで渾身《こんしん》の力を込めて僕の手を弾き飛ばした。

後退する——ククリナイフを腰のベルトから抜いた。呼気を整える、狼《おおかみ》のように低く唸《うな》るチェーンソー、僕の背後には二人の女の子、右目は見えない——潰《つぶ》れてしまったものは仕方ない。そのことを、彼──〝ハリウッドスター〟も理解しているらしい。

彼が巨体に似合わぬ素早い動きで、ぐるりと僕の死角に回った。姿が見えなくなり──刃の唸りだけが僕の耳に響く。

「躱《かわ》してェッ！」深山《みやま》さんの叫びに、咄嗟《とつさ》に床に転がった。チェーンソーが横薙《よこな》ぎで僕の頭上を通過する──危《あや》うく胴体が真っ二つになっていたところだ。

弾かれたように立ち上がり、接近戦を仕掛ける──ハリウッドスターが後退する。距離を取り、チェーンソーの刃をどこでもいいから僕の体に当てることだけに専念している。

掠《かす》めただけで、肉が削り取られる。下手をすれば骨まで食い込む。そうすれば、僕はもう終わりだ。彼は巨体だ──脂肪と筋肉で張り詰めている。そして、あの重たそうなチェーンソーは、僕がククリナイフを振るう速度と、ほとんど変わりはない。

「OooooOooouoooooooo！」

吼《ほ》えて、高々と両手に掲げたチェーンソーで襲いかかってきた。ククリナイフを両手で握って、ぶつける。刃が触れ合った瞬間、ガリガリという耳障りな音がした。

弾《ひ》く、弾《はじ》かれた、バランスを崩す、問答無用に突貫する、体を捻《ひね》って動いた、崩れた体勢のまま膝裏《ひざうら》を力一杯蹴《け》り飛ばす、ようやく巨体のバランスが崩れた。起き上がる──立ち上がる。

再び刃が激突する。火花が空間に舞い散る。刃を滑らせて彼の指を狙《ねら》う。頑丈な革手袋越しとはいえ、彼の手の甲に深い切り込みを入れた。

甲高い悲鳴——痛みを感じているのではなく、怒っている——無茶苦茶に暴れるハリウッドスター。右目が見えないせいで、微妙に距離感を違《たが》えた。斬《き》り裂かれる痛みを、吼《ほ》えることで誤魔化《ごまか》す。

打ち合う、力が足りないせいでバランスを崩す。ハリウッドスターは、僕がどう足掻いても、ククリナイフを振るえない体勢であると見て取って、思い切り肩からぶつかってきた。コンクリートの壁に背中を叩《たた》きつけられ、押し潰《つぶ》される。そのせいで、自分の背中の壁がメキメキと音を立てて崩れた。

「……っ！」

一瞬呼吸が止まり——眼球が飛び出しそうな衝撃で、頭がクラクラした。殺人鬼ハリウッドスターは、チェーンソーをゆっくりと持ち上げる。振り下ろされれば、それで僕の人生が終わり——あやなの人生も終わる。

嫌《いや》だ。それは絶対に嫌だ。野犬に遭遇したときのことを思い出せ。目の前であやなが喰《く》い殺されるという恐怖、絶望——あれを思い出せ。

ただ、傍《そば》にいたかった。古く懐かしい歌のように、傍にいて《スタンド・バイ・ミー》ほしかった。

そんな些細《ささい》な願いを、眼前の獣が踏みにじろうとしている。

これ以上、あやなを怯《おび》えさせるな。許せるか？　許すものか。絶対に許さない。

殺してやる。

ふと気付けば――暗闇《くらやみ》の中で僕が繋《つな》がれて、僕が、繋がれた僕を見下ろしていた。

輪《リング》と鎖《チエーン》がイメージにあった。

全身を、輪《リング》と鎖でぐるぐるに固定されている。両腕を動かそうにも輪《リング》とそれに繋がれた鎖《チエーン》が邪魔をした。足を動かそうにも邪魔をした。

外す。

鍵《かぎ》はいつでも手に持っている、ただ使わなかっただけだ。体を捻り、腕を封じている鍵穴に鍵を突っ込んで捻るだけだ。

いやいや全く簡単――強くなるというのは、本当に簡単だ。

ただ一点、もし今、これを外したら二度と戻せないことを除いては。幼稚園の頃は、ひたすら幼かった。僕は、訳も分からぬまま輪《リング》と鎖《チエーン》を外し――ショックで記憶を喪失して、なかったことにした。そして、数年かけて再び輪《リング》と鎖《チエーン》を繋《つな》ぎ合わせた。

今度はそういう訳にはいかない。この記憶はもう、完全に僕の脳に刻まれている。都合よく忘れられない、都合よく取り戻せない――つまり、二度と元の生活には戻れない。


戻せない。

戻せない。

戻れない。

戻れない。

戻る訳にはいかない、いかない――ああ、それでも。ふんわりとした、あやなの笑顔を思い出す。


あの笑顔が、もう自分には向けられないものになると分かっている。

彼女の姿を二度と見ることができなくなることも分かっている。

そればかりか、彼女を泣かせてしまうことも――よく、分かっている。分かっているのに、僕の手は言うことを聞いてくれない。


鍵穴《かぎあな》に鍵を突っ込み、捻《ひね》った。両腕が自由になった。両足が自由になった。

僕がいる。

いっそ、笑えば良かった。げらげらと笑いながら、獣じみた本能に任せた殺戮者《さつりくしゃ》になれれば、彼女のことを忘れられたのだろう。

でも、僕は泣いていた。

解き放《はな》たれたはずの僕は——ただ、泣いていた。泣きながら、僕は歓喜していた。

——さあ、疾走と殺戮の時間だ。

思考が肉体を強制的に動かした。跳ね上がるように体を移動させる。ハリウッドスターが驚愕《きょうがく》の悲鳴をあげる。肉体と思考が競い合うように、その純度を高めていく。ククリナイフとチェーンソーが激突した瞬間、ハリウッドスターを押しのけた。体重一〇〇kgを超える己が押し負かされたことに、ハリウッドスターは絶句していた。

「ああ……ああ！」

喘《あえ》ぐような悲鳴。ハリウッドスターが後ろに退《さ》がる。同じく僕も後退する。真正面——真正面から、僕とハリウッドスターは対峙《たいじ》する。今の僕は、果たしてどういう顔をしているんだろうか——そんなくだらないことを考えた。

「あぁぁぁぁあっ！」ハリウッドスターの雄叫《おたけ》び——自分の勇気を鼓舞するかのよう。

両者共に、己の愛用武器を握り締めて疾走する。ククリナイフの刃を振りかぶる、ハリウッドスターは、自身の強化鋼製チェーンソーに絶対の自信を抱《いだ》いて同じように振りかぶる。

高速振動する鋸刃《のこぎりば》——その一つ一つを見定めて、僕は刃と刃の間にククリナイフの刀身を滑り込ませた——野球のバットを振り抜くように、そのまま渾身《こんしん》の力を放出してハリウッドスターの顔面目がけて鋸刃を直撃させた。

ホッケーマスクがバキリと砕かれ、ハリウッドスターの素顔が覗《のぞ》く。僕は——その顔に、さすがに呆気《あっけ》に取られた。いや、何かの怪我《けが》などが原因で二目《ふため》と見られないような容貌《ようぼう》——そういうものを、想像していたのだけど。

彼の顔は、どこにでもいる、ごくごく普通のありきたりの白人だった。

「うああああああああああああああっ！　うあああああああああっ！」

僕は彼の叫びが何を指し示していたのかなど理解できず、することもなく——僕は彼の首を刎《は》ねた。

首を喪失したハリウッドスターの巨体が、よろよろとよろめく。血が噴水のように噴き出し、撒《ま》き散らされる。それがあやなの顔に、降りかかってしまった。ひどく申し訳ないと思った。

彼の両手にしっかりと握り締められたチェーンソーを外して、電源を切って放り投げる。

「楼樹《ろうき》くん！」

「あ――――あやな、大丈夫？」

「楼樹くんこそ、目が……目が……！」

ん？　……ああ、そういえば右目は吹き飛ばされたっけ。角度的に幸運だった。悪い角度で打ち込まれていたら、今頃あやなも僕もこの世にいなかっただろうから。

「どうしよう、どうしよう……」


――ああ、全くもう。


幼い頃も、こんな感じで泣かれたんだ。ひょっとすると、あやなは覚えていないかもしれないけれど、僕の方は思い出していた。

確かに、野犬を圧倒的な暴力で殺したときにあやなは泣き叫んだ――僕のことを怖いと思った。それは事実だし、記憶通りだ。

でも、彼女はその後すぐにこう言った。それは覚えてないのかな？　ないんだろうな、あやなにとって、あの思い出はよくないものだったから……一切合切《いっさいがっさい》を記憶の奥底に放り込んでしまったのだろう。僕もそれに引っ張られて、すっかり忘れていたし。

あのとき、あやなは確かにこう言ったのだ。


「……ろうきくんが、死んじゃうよぅ」


野犬の血に塗《まみ》れていた僕は、きっとあやなからすると今にも死んでしまいそうに見えたのだろう。幼い人間《ぼくたち》にとって血とは特別なものだった。転んでほんのちょっと血が滲《にじ》んだだけで痛くて痛くて泣いてしまうというのに、こんなに血が流れていたらきっと想像を絶するほど痛いのだろう――あやなはそう考えて、ひたすら泣き続けたのだ。

怖いと思ったのはほんの一瞬で、すぐにあやなは僕のことを気遣っていた――本当に、彼女には才能があると思う――人の心を癒《いや》す才能だ。

「楼樹《ろうき》くん、待ってて。今、ちゃんとするから。ちゃんと治すから……！」

あれから、僕と彼女はいろいろな思い出を積み上げた。たぶん、それがあれば――この先もずっと、僕は戦い続けることができると思ったのだ。

僕は――もう、決意していた。

手当てが済むと（といっても、残っていた消毒薬をぶちまけて布切れで無理矢理巻いただけだが）、僕たちはまたも走り出していた。僕の感覚は、最早《もはや》獣を凌駕《りょうが》するところまで向上していた。あらゆる妨害を避け、躱《かわ》し、二人を引っ張って崩壊した都市をひたすら疾走していた。

追っ手の気配は、すぐに消えた――ただの〝人間〟に、僕を止められるはずはない。監視カメラをかいくぐり、壁に空《あ》いた穴をくぐり抜けて、僕たちはどんどんと進んでいった――。深山《みやま》さんもあやなもくたびれているだろうに、決して疑念を抱《いだ》いて僕を呼び止めたりはしなかった。

僕を、信じてくれていた。

そして、とうとう辿《たど》り着いた。

黒色と灰色のコンクリートで構成された建物は、もうこの先にはほとんどない。あるのは、荒涼たる野原と、車が滞《とどこお》りなく進むための道路くらいのものだ。この都市の、外周にあたる部分なのだろう。本来は、ここでゴールのはずだ。そしてまあ、予想通りというべきか。

〝スタッフ〟……アサルトライフルを肩からベルトで吊《つ》り下げた男たちが複数、そこで待ち構えていた。全員、大柄で筋肉ゴリラ、腕からはちらりと刺青《タトウー》が見えている。

その傍《そば》には水、食料、その他生活必需品を運ぶためであろう軽トラックが停止していた。警戒はおざなりだった……杭《くい》と、そこに張られた鉄条網。どうやら、犬は連れていないらしい。

男たちの表情は、いささか呆《ほう》けていた……なかには、笑いながら誰かの肩を叩《たた》いている奴もいた。

あの騒ぎが、こちらに伝わってないはずがない。にもかかわらず、この呑気《のんき》さは……やはり、向こうは全く予想していないということなのだろう。


僕らはその死角になる壊れた建物で見張りを続けている——ここに到着してから約一時間。休憩もそろそろ終わりにしなければ。

ここから先は——さあ、どうするべきか。僕はここに至ってずっと悩んでいた。どうやって、この街から二人を安全に脱出させることができるのか……。

「——ねえ、赤神《あかがみ》くん」

くいくいと深山《みやま》さんが僕の服の裾《すそ》を引っ張っていた。

「うん?」

「……あの車の周りにいる連中を、その……何とか、できる?」

深山さんはやたらと恐縮していた。僕が怖いというよりも、僕に手を汚《よご》させるのが申し訳ないといった感じだった。今さら、という気もするけれど——それでもやはり、申し訳ないと思ってくれるのが彼女の人間らしさだと思って、嬉《うれ》しくなった。

まあ、その前に理由は聞いておこう。

「どうして?」

「私、運転できる……車の」

「え、本当?」

あやなが目を丸くしていた。僕もだ。彼女はますます恥ずかしげに俯《うつむ》きつつ言った。

「い、いや。……その、私有地でちょっとぐるぐるって車の運転をしてみただけなんだけど、我ながら上手《うま》いなーって、お父さんとかにもちょっと褒《ほ》められたし、だから、だからっ……ここから、抜け出せるかもって……」

ここから抜け出せる——それは、この悪夢のようなゲームの終了を意味する。日常への回帰であり、平穏な……優しい記憶を再び紡《つむ》ぎ出すことができる。

「……深山さんの言う通りだ。どこに辿《たど》り着くかは分からないけど、ここにいるよりはよっぽどいいと思う」

「うんっ。そうだね、三人で脱出しよう」

あやながぐっと両手を握り締めた。……よし、それではちょっと行ってきますか。

相手が銃を持っていようがいまいが、僕には最早《もはや》、関係がない。僕が気をつけるべきは、ただ遠距離で彼らに気付かれないようにするということであり、気配と死角に気をつければ何ということはない。僕の肉体と精神は、最早そういう領域を超越していた。正直、銃弾ならば一発や二発何とかなるかもしれない——試す気はないけれど。

ともあれ僕は、トラック周囲の人間を彼らが本部に連絡しようなどと考える前に斬殺《ざんさつ》した。死体をなるべく一か所にまとめて、手近にあった青いビニールシートを被《かぶ》せる。そうして、僕は隠れていた二人を呼んだ。

深山《みやま》さんは車のドアを開けて運転席に、あやなは——何を思ったのか荷台に潜り込んだ。

「運転、できそう?」僕は運転席で、ハンドルやらギアやらを弄《いじ》り回していた深山さんに呼びかけた。

「ん……何とかなりそう。よし、地図見つけた。印もついてる、うん……うん、何とか、なる、かも」その言葉に胸を撫《な》で下ろす。ここから歩いて街まで行け、というのはあまりに酷だし危険だろう。

「チョコバー落ちてたよ~」あやなが喜色満面《きしょくまんめん》で荷台から飛び出してきた。どうやら、運ぶ際に転げ落ちでもしたのか、チョコバーが何本か残っていたらしい。

「一本ずつね」ずいっと突き出されたそれを、ありがたく受け取ることにした。久しぶりの甘いものに、彼女は顔が蕩《とろ》けそうだ。

その表情を見ると、ほんのわずか胸に痛みがあった。あやなは、僕と一緒に逃げ出せると思っている。……そうして、また日常に戻ることができると思っている。

確かに、僕もその方がいい。あの懐かしい日々に帰りたい。帰らなければならないはずなのに。僕は、どうしても踏み出す勇気がなかった。

いや、勇気がないのではない――どちらかというと、諦観《ていかん》かもしれない。

僕は知っている――〝クラブ〟という存在が、極めて大がかりな組織であることを。

僕は知っている――逃げ出しても、存在を知る僕らを彼らがしつこく追いかけてくるであろうことを。

僕は知っている――それを逃《のが》れる手段が、ただ一つあるということを。

僕は知っている――僕が生きるべき場所は、車で走って逃げた世界にはない。僕が生きるべきはこちら側なのだということを。

「準備できた、乗って！　出発するわよ！」深山さんが運転席から呼びかけた。

「うん、楼樹《ろうき》くん！　行こう」

「……」

僕が沈黙し、動かないのを見てあやながびくりと全身を震わせた。深山さんも、僕らの様子に気付いたのか、眉《まゆ》をひそめて一旦《いったん》トラックから降り立つ。

「どうしたのよ?」

「楼樹《ろうき》……くん」

「ごめん、僕は……僕は、行けない」

そう告げて、二人から目を逸《そ》らした。

「……はぁ? 何言ってるの……よ」呆《あき》れたような声をあげた深山《みやま》さんは、僕の顔を見て呼吸を止めた。驚いている——僕が、本気らしいと分かって。

「……僕が思うに、この〝クラブ〟は相当大きな組織だ。たぶん、狙《ねら》われ続ける」

理由の一つ。逃げても逃げても、追いかけてくる危険性がある。危険性というか、確信だ。当たり前だ、誰も信じてはくれないかもしれない。だが、信じようと信じまいとクラブの存在は間違いのない事実だ。たとえ、口を噤《つぐ》んでいたとしても——必ず僕たちを追いかけ、亡き者にしようとするだろう。

「そして、この車を奪われたことにすぐ気付くはずだ。ここにいたスタッフが、いなくなるんだから」

理由の二つ目。車を強奪されれば、さすがに馬鹿でも気付く。そして、恐らく僕たちが向かうべき道の選択肢は非常に少ないだろう。別の街に辿《たど》り着いた途端、どこからともなく銃弾が飛んできてそれで終わり——そんな結末を迎えることもあるだろう。

「防ぐには、誰かが残って……戦うしかない。彼らが、車の一台程度に気が回らないように」

大事なのは、僕がとことんまで混乱させることだ。ここの見張りは殺された、しかし僕は街中で暴れ回り、片っ端から殺し続ける。さあ、大事なのはどちらだ？

「でも、それは……」

深山さんが弱々しく反論しようとして、やめた。彼女は分かっているのだろう。僕の言っていることが正しい。ここで三人が逃げても、逃げるだけ追いかけられるのだ。

「僕が戦い続ければいい。彼らは、僕のことしか考えない。そして、僕は生き残る」

「私たちは……」

「深山さんとあやなは、二人で保護を求めればいい。次の街じゃなく、できればその街を通り過ぎてもう一つ先の街まで行ってほしい。だけど、このことについては絶対に漏《も》らしちゃダメだ。二人はあのバスには乗っていなかった、君たちは迷子になって訳も分からずふらふらしているうちに街に辿り着いた。そういうことにしておいてほしい」

「……」。あやなは沈黙し、顔を伏せる。

「あやな。心配するな。僕もあとで、必ず二人に追いつく」

「――嘘《うそ》つき」

……あやなの呟《つぶや》きに、僕は全身を凍りつかせた。

「あや……な？」深山《みやま》さんのおずおずとした問い掛けに、あやなはつかつかと僕に近寄ってきて、きっと睨《にら》みつけた。

「嘘つき！　嘘つき！　嘘つき！　楼樹《ろうき》くん、嘘つき！　追いつく気なんかないくせに！　このまま、このまま……二度と、わたしたちの前に姿を現さないつもりの、くせに……！」

あやなの瞳《ひとみ》には、涙がいっぱい溜《た》まっていた。

「どうし、て……」喉《のど》が渇く。僕に向かって挑みかかるようなあやな――初めてだった、こんな彼女を見るのは。

「わたしには分かる！　分かるの！　楼樹くんは、もう戻ってこない！　ううん、戻って、くる気がない！　楼樹くん、戦い続けるつもりなんでしょう!?」

三つ目の理由――もう戻れない。

「……」

「ダメだよ……戻ろう、一緒に戻ろう？　今なら大丈夫だよ……に、日本まで戻れば……きっと、きっと大丈夫……」

弱々しく呟くあやなに、僕は言う。

「――ダメだ。戻れない。僕はもう、戻れないんだ」

　あやながぽろぽろと泣き出した——その涙を見るだけで、胸がズキズキと痛い。この痛みを、一生忘れないようにしよう。

「どうして、そんな、ひどいこと、言うの……」

「僕は……僕は、何かが外れたんだ。平穏な日常を送るために、必要な何かが。僕は、あの都市に戻りたがっている。そして、彼らを一人残らず斬《き》り捨てるつもりだ」

「逃げたって、いいじゃない！」深山さんの声に、首を横に振る。

「僕は、嫌《いや》だ。許せない。このゲームを仕掛けた誰も彼もが、全て許せない。僕は、このゲームに加わった人間全てを、世界から消し去ってやる。何年かかっても、どんなに辛《つら》い目に遭うとしても」

「楼樹くん……」

「僕にとって、あやなは……恋人とか、幼馴染《おさななじみ》とか、家族とか、そういうのを超えた何かだとずっと思っていた。……ようやく、それを言語化できる」

「……なあに？」

「あやなは、僕にとって輪《リング》と鎖《チエーン》だったんだ。僕を縛りつけて、ちゃんとした人間にしてくれていた、輪《リング》と鎖《チエーン》だったんだ。あやながいたから、僕はちゃんと生きてこられた。あやながいたから、僕は……ちゃんと、恋ができた」

「……っ！」あやなの顔が、赤く染まる。涙を擦《こす》りながら、それでもその言葉が聞けて嬉《うれ》しいのか、うっすらと微笑《ほほえ》んだ。

「僕は、僕自身を解き放《はな》ってしまった。僕はケモノであり、それ以上の何かだ。傍《そば》にいたい、抱き締めたい、あやなにキスをしたい。でも、できない。僕はここに残る。僕が、僕であることを証明するために。そして、世界中の人間に宣言する。僕は許さない。あいつらを絶対に許さないって。僕にはそれができる」


日常に戻ればいい。むしろ、戻らなければならない。

何もかも、見なかったことにすればいい。自ら望んで失墜するのは、愚か者のやることだ。

あやなと一緒に、最初は泣いて、そして徐々に笑いながら暮らせばいい。平穏な日常に戻ることを拒絶することはない。非日常を望んでいるなら仕方ないが、僕はそんなものを望んではいない。あやなと一緒にいたい、その思いは今でも変わらない。

だから、一緒に逃げればいい。

そうすれば、何もかもが丸く収まる。

そのはずなのだ。

そのはずなのに。

それだけはできなかった。それをしてしまえば、矢崎《やざき》の、横見《よこみ》の、館山《たてやま》の、先生の、クラスメイトたちの……そして世界中で収穫された、名前も分からない人々の絶望は、悲しみは、一体どこに消えるのだ？

僕には役割がある。背負わされたのではなく、望んで背負った役割がある。おぞましい世界に向かって正義を叫ぶことができなかった無念の人々の代弁者であり、彼らに立ち向かえる唯一無二《ゆいいつむに》の戦力なのだ。

英雄ならば、傍《そば》にあやながいてもいい。だが僕は英雄ではない。

僕は鬼と化してケモノを狩る者なのだ。

だから、だから、だから、僕は――――。

「――――もう、会えないの？」

「――――もう、会わない」

沈黙する。あやなは顔を伏せて、両手で顔を覆った。僕は深山《みやま》さんの方へと向き直った。彼女に、名前も忘れた誰かから奪い取った財布を手渡す――この先、何かあったとき役立つはずだ。

「――という訳でごめん。あやなのことは頼む」

僕の言葉に、深山さんは悲哀を露《あら》わにして呟《つぶや》いた。

「どうしようもないのね」

「どうしようもない」

そう、と嘆息《たんそく》しつつ深山《みやま》さんは手を差し出した。

「……………分かったわ。ねえ、赤神《あかがみ》くん。最後に手を出して」

僕は血に染まった己の手を差し出した。深山さんは躊躇《ちゅうちょ》することなくそれを握り締めて、ニッと笑って言った。

「いろいろごめんね、ひどいことも言ったけど。……本当にありがとう。赤神くんのおかげで、今の私はここにいる」

「い、いや。……そう言ってくれると、こちらこそ嬉《うれ》しい」

「赤神くんはどう思っているか知らないけど、私にとって、赤神くんは大切な友達だから。何か困ったことがあったら、いつでも助けを求めてちょうだい」

「うん。そうする」

「じゃあ、あやなとの別れを済ませちゃいなさい。私は……いろいろと準備があるから」

深山さんは僕たちから少し離れて後ろを向いた。僕はあやなに恐る恐るといった感じで声をかける。

「あやな、もう行かなきゃ……」

「……行かない」

「え……？」

「楼樹《ろうき》くんが行かないって言うなら、わたしも行かない」

「あやな！　我《わ》が儘《まま》言うんじゃない！　お前は戻れ！　絶対に戻るんだ！」

「じゃあ、会いに行く！　世界中、どこにいたって楼樹くんに会いに行く！　それがダメなら、会いに来て！」

「……」

「我が儘ばっかり言わないで！　お願い、お願いだから、会いに来て……わたしに、話しかけて。わたしを抱き締めて……お願いだよぅ！」

「我が儘言ってるのは、あやなじゃないか……」

僕はふらふらと近づいてくるあやなの両肩を抱き締めた。

「そうだよ。わたし我が儘でいいよ。楼樹くんが戻ってくるなら、何でもいいよ。約束して、何年後でも絶対に戻ってくるって。約束して……お願い、お願い……」

嘘《うそ》でも約束してあげたいと思った。

嘘でもそれに頷《うなず》くべきだと思った。

そうすれば、二人とも希望が持てる。いつか会える日が来るだろうと、いつか再び笑い合う日々が取り戻せるだろうと。

けれど、一生でただ一人愛した少女に嘘だけはつきたくなかった。誤魔化《ごまか》しもしたくなかった。僕は彼女の肩を摑《つか》んで囁《ささや》いた。

「あやな」

呼びかけにあやながおとがいを上げる——そのまま、キスをした。キスをして、不意に悲しく申し訳ない気持ちになった。

あやなの唇は乾いていた。でも、とても温かかった。その接点を通して、僕はあやなと心を繫《つな》げた——そんな気がした。

そうして、心を繫げたがゆえにあやなも理解したに違いない。今のは別れのキスだということを。彼女の願いを——叶《かな》えられないということを。

十秒くらいたって、僕はそっと唇を離した。

「キスをして……………ごめん」血に汚れているのにさ。

「ううん。いい」

言い残していた言葉を、不意に思い出す。少し前から、言おう言おうとして言い出せなかったことが一つだけあった。

「あやな。その髪飾り……姉さんとじゃない。本当は、僕が自分で選んで、僕が自分で買ったんだ。よく似合ってる……本当に、似合ってる」

「……っ！　あっ、あり、ありがとうっ……！」震えていた、涙が流れ始めていた、心が痛かった、肩に乗せていた手を離すだけなのに、とんでもないほど苦痛があった。

「……………………さよなら。本当に、あやなのことが、世界で一番好きだった」

へなへなと座り込んだ彼女から、ゆっくりと離れていく。

深山《みやま》さんがあやなの両肩に手を置いた——最後にそれを確認して、僕は彼女たちに背を向けて走り出した。

「待って……待って！　やだ、やだ、やだ……楼樹《ろうき》くん……楼樹くうううううううううん！」

あやなの、心からの叫び——最後に、それを刻んだ。彼女は、僕を好きでいてくれた。ただそれだけが僕の幸福であり、これから一生を〝狩り〟に捧《ささ》げるとしても、それだけは忘れないようにと思った。

武装を確認する。

ククリナイフ、高性能のスナイパーライフル、クロスボウ、簡易製ボーラ。これだけあれば充分、戦える。

さあ、これからは僕一人だ。

お前たちは人狩り《ハンティング》と称して、僕たちを追い回し、殺そうとした。だが、これからは違うぞ。

僕は反撃してやる。

僕はお前らを追跡してやる。どこまでもお前たちを狩り続けてやる。お前たちは僕を狩ろうとする——そして、僕もお前たちを狩る。

互いに最早《もはや》、人間としての枠組みから抜け出した怪物みたいなものだ。

僕も、彼らもケモノだ。

――いや、違うか。

僕は彼らとは違う。彼らが人を狩るケモノであるならば、僕はケモノを狩ろう。この命をチップにして、全てを彼らの〝死〟に賭《か》け続けよう。

僕は、人でもケモノでもない〝ケモノガリ〟になろう。

第三章　反撃

走る——崩れかかる寸前だった空が、とうとう決壊した。冷たい雫《しずく》がぽつりと顔に垂れたかと思うと、見る見るうちに豪雨になり始めた。どんどんと、雷まで鳴り始めた。
不安になる——深山《みやま》さんはちゃんと安全運転で走れるだろうか——などと考えて、戻りたくなる。その気持ちを無理矢理振り払う。そもそも、戻っても僕が運転できる訳でもない。
それに、この豪雨ならばトラックが人目につくこともないだろうと考え直した。事故にさえ気をつければ、何とかなるはずだ。僕は、監視カメラを片っ端から破壊していく——もう、見つかったからといって恐れる必要はないのだが、監視カメラを見ている連中に少しでも恐怖を与えたかった。僕が恐れたのは徹頭徹尾《てっとうてつび》、仲間の——あやなの死だけだった。
それを恐れる必要がなくなった以上、僕はどこまでも突っ走れる。

§　§　§

監視カメラに「彼」が映った、映った端から監視カメラは破壊されていくが。〝ミスター〟は、直《ただ》ちに彼の殺害を命じた。そうして、ほっと安堵《あんど》する。ともかく、見つかった。彼さえ殺せば、あとは普段通りの狩りだ。

これ以上、会員が返り討ちに遭うという事態は避けたかったし――何より、〝娯楽提供者《エンターテイナー》〟が二人も討ち果たされた以上、もう猶予はなかった。ミスターの地位は、最早《もはや》これ以上ないほどに失墜しかかっていたのだ。

「ミスター。〝ロビン・フッド〟が帰還しました」

「今すぐに来いと伝えろ」スタッフに素っ気なくそう伝えると、ミスターは窓越しに降り注ぐ雨を見て、うんざりした。雨は構わないが、これでは残りの会員たちを屋上にあるヘリで安全な場所まで運ぶことは難しい。

「逃げなくていいのかい?」その声に驚いて振り返る――ロビン・フッドがそこにいた。気配や音など欠片《かけら》もなかった――怪物じみた、というよりは最早悪魔じみた存在。

体から滴《したた》り落ちる雨が絨毯《じゅうたん》を汚《よご》し、ミスターは顔をしかめる。

「何故《なぜ》逃げる必要が?」「あの男は、あんたを殺しにやってくる。間違いなくな」

「くだらん妄想話はもういい。さっさと決着をつけてこい――何だ、それは?」

彼はライフルではなく、古めかしい洋弓を握り締めていた。

長弓《ロングボウ》——ユーツリーの木で造られた、全長一メートル半を超える巨大な弓。

「弓さ。俺も本気を出す頃合いだ」

「ライフルを使いたまえ」「無駄だ。あいつは銃弾を躱すぞ」

ミスターは沈黙する。ロビン・フッドがイカれたのではないか、と疑ったが元よりイカれているようなものだ——だが、こと戦いにおいては正確だった。

「あいつは人間じゃない、俺と同じだ。ミスター、あんたのスタッフは確かに暴力で商売するプロだ……だが、それはあくまで対象が人間の場合だ。あいつはもう、人間としての束縛から解き放たれた。人間の脳みそを持ったグリズリーと山で出会ったっていうのに、どうしてあんたはそこまで楽観的でいられるんだ？」

「楽観的なのはお互い様じゃないかね。そこまで彼を評価するのなら、何故《なぜ》お前は笑っている？　何故お前は古い弓を持つ」

「こいつはただの弓じゃない。ロビン・フッドの霊《ゴースト》が憑依した俺が造ったものだ。怪物を殺すには英雄にならなきゃな」

「もういい、さっさと行け！」

吐き捨てるように叫ぶミスターに肩を竦《すく》め、ロビン・フッドは部屋を退出した。ミスターは忌々《いまいま》しいと舌打ちするが、彼を罰することなどできそうもない。確かにあの男は、完全なまでに精神を破綻《はたん》させているが――それでも尚《なお》――あの男が、自身にとって最強の〝武器〟なのは疑いようがない。

銃弾すらものともしないサイコ殺人鬼《キラー》〝ハリウッドスター〟、あらゆる毒物を使用するマッドサイエンティスト〝ウィドウ〟――どちらも既に死亡している。

キューバ産の葉巻を取り出し、胸の激しい動悸《どうき》を鎮めようとした。

――あんたを殺しにやってくる。間違いなくな。

精神が破綻した人間の、ありもしない妄想だとミスターは結論づけることにした。

§　§　§

降りしきる雨の音に混じって、じゃっじゃっという足音を確かに聞いた。目を見開くと、微《かす》かだけどライトも見える――どうやら、本格的にこちらの探索に移行したようだ。僕はそこからすぐに離れた。正面切って戦う必要はない。もちろん、見逃す気など、これっぽっちもなかったが。

僕は崩落しそうな建物の中から一つを選び出し、その向かい側の建物の屋上へと登った。ここからだと、ライトがますますよく見える。僕は片手で握り締められる大きさの石を選び出し、しばらく待った。

ライトがゆっくりと――進んでいく。そして、彼らが僕がいる地点を通り過ぎた直後、石を通りの向こう側へと放り投げた。

石は壊れかけの壁にぶつかり、大きな音を響かせた。

驚いたような声と共に、その建物に向けて一斉に射撃が開始される。僕はライトの方向や大きさから判断して、適当に狙《ねら》いを定めてクロスボウを撃ち放った。五本放ったところで、僕はそろそろ居場所に気付かれるだろうと思い、簡易ボーラを放り投げた――上手《うま》くいった。巻き付いたシャツに混乱した〝スタッフ〟の一人が何と味方に向かって銃を撃った。

僕は素早く外壁を滑り降りた。銃声の最中《さなか》、僕は屈《かが》んで近づくとククリナイフで残った人間の首を刎《は》ね飛ばした。もう、何かを尋問する必要もない。ただひたすら殺し続けるだけだ。

僕は走る――あやなと別れて、せいぜい一時間くらいなのに何故《なぜ》か一年以上会ってないような気がした。やめておけ、と心の中で誰かが囁《ささや》く。確かにそうだ、あやなのことは今、なるべく考えないようにしよう。どうせ、時間はたくさんあるんだ……彼女のことを考えるのに。

ぴたりと足を止めた。大通りのアスファルトに、何かが突き刺さっている。周囲を見回し、僕は這《は》いつくばるように進みながら、それを手に取った。軽く、細く、長かった。少なくとも爆弾ではないだろう、と見当をつけて建物の陰に転がり込んだ。

矢だった。こちらのクロスボウが子供の玩具《おもちゃ》に見えるほど、馬鹿馬鹿しい長さの矢だった。知識を掻《か》き出し――僕は、それがイングリッシュ・ロングボウと呼ばれる類《たぐ》いのものではないか、と推理した。

矢には、ビニール袋が結びつけられていた。それを解いて、袋から一枚の紙片を取り出した。何かの木の皮を剝《は》ぎ取って造られたものらしい、赤い文字で単純な英語が描かれていた。

――〝殺し合おう。　　　　　　　　　　　　　　ロビン・フッド〟

僕は、その鏃《やじり》をへし折って賛成の意思を表明した。この矢を打ち放った人間が、何となく僕には分かった。

それは、一番最初に僕の右肩を掠《かす》めた銃弾を撃ち込んだ男であり――次に相対したとき、僕の右目を奪い取った男だろう。確信があった――彼は、恐らくケモノたちの中で唯一〝僕〟を完全に理解している人間であると。そして、僕にとって最大の敵であると。

深呼吸――僕は闘志を奮い立たせる。僕はロビン・フッドと戦う決意を固めた。

建物から出て、走り出す。恐らく、彼は矢を撃ち放《はな》ってくる――使用するのは間違いなく長弓《ロングボウ》。胸板に突き刺されれば、間違いなく即死だ。建物の陰に隠れるのもまずい気がする。このコンクリートの壁程度なら、あっさりと貫通するだろう。何しろ、アスファルトにあっさりと突き刺さっていたのだから。

したがって、躱《かわ》すしかない。そして、潜《ひそ》むしかない。

真っ直《す》ぐ、一番最初に抜け出した山へと向かった。男がロビン・フッドと名乗るのであれば、間違いなく彼はそこにいる。本物のロビン・フッドがシャーウッドの森に潜んだように。

――呼吸を停止した。

気配を遮断した――。

目は、どんな動くものも見逃すまいとする。それでいて、歩みはゆっくりと、確実に山へと向かっていた。死ぬことへの恐れはなく、未《いま》だ死地《しち》にいるであろうあやなたちが巻き込まれることだけが恐怖だった。

そしてその恐怖を振り払うには、眼前の敵を一人ずつでもいいから倒し続けるしかない。ずぶ濡れになりながらひたすら山に向けて歩き続けた。道途中、死体が転がっていた。僕だ、全て僕の仕業だ。僕の行く道には、これから先も死体があり続けるのだろう。そんなことを思いながら、ひたすら歩いた。

歩いて、歩いて、歩いて——僕は、再び山へと戻ってきた。あの時と違い、今の山は暗闇《くらやみ》に包まれていて視界はゼロに等しかった。

深呼吸を一つして、僕は暗黒の中へと一歩を踏み出した。雨音はあらゆる雑音を削り取り、彼岸のかなたへと押しやった。遠い世界に存在するような気分で、冷たい山の中をひたひたと歩き続けた。

——ウォウォオオオ！　ウォウウウウ！　ウオウウウウ！

僕は身構えた——明らかに今のは人間の声だった。人間の咆吼《ほうこう》——こんな状況で吼《ほ》えるような怪物は、僕の知る限りただ一人だ。

ロビン・フッド。

同時に、その咆吼《ほうこう》が何を指し示すかも理解した。

――決闘開始の合図。

僕は屈《かが》んで這《は》いずり回るべきか、あるいは木に登ってみるべきかのどちらかを選択しなければならなかった。あるいは、もっと別の選択を行うべきか？

ただ、逃げ帰るという行為だけは選択に存在しなかった。逃げれば、あの男は地獄の果てまで追いかけてくるだろう――僕がそうするのと同じように。

僕は選んだ。

屈んで這いずり回る――否。樹上に登ってみる――否。逃げる――否。

僕は、やや前屈みになって――全力で疾走した。

相手の意表を突く、相手の居場所をどんなに大雑把《おおざっぱ》でもいいから確認する、そして相手が撃ち放《はな》つであろう矢を躱《かわ》す。

その三つを兼ね備えた回答となると、これ以外には存在しなかった。這いずり回れば速度が鈍る、樹上に登れば矢のいい的だ、逃げ帰るのは問題外だ。

時折、全くの気まぐれで僕は跳躍すると同時に木の幹を蹴《け》って三角跳びの要領で森を飛んだ。ジグザグ、あるいはぐるんと先ほどまで走っていた場所から一八〇度回転して、元来た道を走り抜ける。

そうしながら、僕は必死に捜し続けた——僕の居場所はとうに知られているだろう。僕が疲労し、立ち止まるのを待っているはずだ。僕はそう考えて、さらに裏をかこうとする。

僕は疲労の限界だとばかりに立ち止まった。次の瞬間、即座に地面に倒れ込む——。

雨音に混じって撃ち放たれた矢が、僕が先ほどまで存在していた部分を通過した。即座に起き上がって、僕は夜闇《くらやみ》の中で射出方向を見定めた。ここから北西、五〇ｍ先！

僕は這いつくばったまま、蛙《かえる》のような勢いで跳躍した。二本目の矢がさらに木に突き刺さる、推定——三秒に一本の割合。狙い、、、を定めない、、、状態でで、ベテランが矢を撃ち放つ速度は、おおよそ一分に十本ないし十二本。狙《ねら》いを定めたことも考えると、人類の限界をほぼ超越したと考えていい速度。

走る——ほんのわずか、自身の座標を横にずらす。僕の顔面を貫くには、わずかに座標がずれた矢が射出される——完璧《かんぺき》だった。あと一秒か二秒、そこに留《とど》まっていたら僕は即死だった。

――まさに〝怪物《ケモノ》〟だ。

だが、とうとう僕は完全に接近した。次の矢が放《はな》たれるまで、残り三秒――三秒あれば、あのロビン・フッドの頭を叩《たた》き割るに充分だ。

僕は木の枝に不自然に存在する草の固まりに向かって跳躍し、ククリナイフを渾身《こんしん》の力で叩き込んだ――瞬間、自分の考えが何とも浅はかであったことを理解した。

「違う……！」

そこにあったのは、単なる草の固まり――擬態《ミミック》だった。最後の矢を撃ち放ったと同時に、ロビン・フッドはこの草の固まりを残して後退したのだ。だが、たった三秒であらゆる気配を遮断し、後方に撤退？

首筋に、寒気。

逡巡《しゅんじゅん》や選択すら頭に思い浮かばず、僕は無我夢中《むがむちゅう》で体を丸めた。ひゅっ、と風を切る音。目で捕捉した訳ではないが、間違いない――今の音は、僕の首を刃物で叩き斬ろうとして空振りしたものだ。

どこにいた？　即座に回答を弾き出す。恐らく、本当に恐らくだが枝の上だ。僕が叩き斬《き》った偽装用の草の固まりがあった枝のさらに上。幹にひっついて、ほとんど完全に気配を消していた。

そうすれば、必ず僕は草を叩き割る。それだけじゃない——相手が後退したと思い込む。

謎《なぞ》は解けた。あとは対応するだけだ。地面に丸まった僕は、体を再び回転させて仰向けに寝転がった——ククリナイフは既に引き抜いている。僕の首を断ち斬ろうとした男の武装と、僕のククリナイフがぶつかり合った。

力を受け流し——そのままずらした。彼が何かを考えるより先に、僕は全身全霊《ぜんしんぜんれい》の力を振り絞って起き上がり、ロビン・フッドと向かい合った。

ロビン・フッドが英国人ではなく、いわゆるネイティブ・アメリカンの風貌《ふうぼう》をしていたのには少し驚いた。長弓《ロングボウ》を片手に——そして、もう一方の手にはトマホークが握られていた。

「〝ロビン・フッド〟だ。〝魔物〟よ、名を聞かせろ」

男は英語でこちらに語りかけた。

「——赤神《あかがみ》。赤神楼樹《ろうき》」

ロビン・フッドは長弓《ロングボウ》を捨て、腰のベルトからトマホークをもう一本取り出した。

「約束通り、殺し合おう」

僕は頷《うなず》いた、雨がますます激しくなっていく——ゴロゴロと、雷まで鳴り始めた。全神経を彼を打倒することに集中させる。

ピカッ――閃光《せんこう》が僕と彼の視界をほんの一瞬眩《くら》ませる。両手で握り締めたククリナイフと、二挺《にちょう》のトマホークが激突した。

「ホーッ、ホーッ、ホーッ！」甲高い怪鳥音と共に、二挺のトマホークが荒れ狂う。雨を斬《き》り裂き、僕の肉を断ち斬ろうと蛇のように追いすがる。

「うああああああああああああああああああああああっ‼」

吼《ほ》え返す――最早《もはや》、自分でも、何を言っているのか分からないほどに叫んだ。叫ばないと、彼に勝てない気がした。

ククリナイフを振り回す、ロビン・フッドは凄《すさ》まじい身体能力でそれに対抗してのけた。背を仰《の》け反《ぞ》らせて、首を刎《は》ねようとしたそれを躱《かわ》しつつ握り締めたトマホークでこちらの両腕に狙《ねら》いを定めた。

弾く――共に凄まじい速度と剛力を持ち合わせた一撃だったゆえか、降りしきる雨の中で火花が散った。

トマホークでがっしりと受け止められた。次の瞬間、脳内で〝何か〟がスパーク――咄嗟《とっさ》に僕は右足を高々と掲げてもう一挺のトマホークの刃を蹴り飛ばした。一歩間違えれば、太腿《ふともも》の動脈が切断されていた――背筋に寒気。

「お前は、素晴らしい《ファンタスティック》……！」ロビン・フッドの絶賛。

申し合わせたように、僕と彼は距離を取った。じりじりと近づきながら、僕は彼をもっとよく観察しようとする。負傷は――ない、こちらの仕掛けた攻撃は残らず躱されている。スタミナという点でも、全く問題なさそうだ。

「お前を殺してこそ、俺は英雄になれる」ぞっとするような瞳《ひとみ》と笑み――まるで、まるで英雄物語を聞かされ陶然としている子供のよう。

〝ロビン・フッド〟――その名を奪った最強の狩人《ハンター》。彼は、僕を怪物だと考えている。

「英雄になんかなれない。お前が怪物だ」僕はそう宣言した。

「ホ――――ウッ！」怒りを露《あら》わにしつつ、ロビン・フッドが跳躍した。

分厚い刃が交錯する――僕は、トマホークの木の柄《え》を狙った。だが、速い――着地と同時に、ロビン・フッドが猛然と襲いかかる。

見る見るうちに体力が消耗する、自分の思考に肉体が追いつかなくなり始めた。喘《あえ》ぐ――喘ぎながら、打開策を探す。

弾かれる――蹴《け》り飛ばされた。吹き飛びながら立ち上がる、姿が一瞬で掻《か》き消える。真横から殺気、跳躍、転がる、体勢が定まらない……！

「体力も、知力も、耐久力も、実は互角だ」ロビン・フッドの淡々とした声。

なら、何故《なぜ》……？　と、僕は問いたくなった。

「――だが、お前には経験がない」応じるロビン・フッド。

確かにそうだ。

僕は今まで、才能を腐らせて生きてきた。才能を眠らせ続けていた。だが、眼前の男は違う。

男は才能を輝かせて生きてきた。

嫉妬《しっと》はないが、劣等感があった。

「俺は、お前くらいの年で既に最強を誇った——我が一族の中で」

才能を発揮し続けた——ああ、そうか。目の前の男は、あるいは僕だったのだ。

「つまり。——お前は勝てない。ここで終わる」

ロビン・フッドの挑発にまんまと乗った——僕は、最後の体力を振り絞るように躍りかかる——動きは完璧《かんぺき》に読まれていた。

脳天を叩《たた》き割ろうとしたが、先ほどの僕と同じようにロビン・フッドは自分の座標をずらしてそれを躱《かわ》した。がつんと、地面にククリナイフが当たり——一瞬、全身が痺《しび》れたような感覚。さらに、ロビン・フッドが追い討ちをかけた。トマホークで僕の両手を狙《ねら》う。

躱すためには、ククリナイフを手から離すしかなかった。トマホークの軌道が変わる——

今度は僕の胸板を狙う。

避けるためには、後退するしかなかった。それでも避けきれず、胸板をトマホークの鋭い刃が斬《き》り裂いた。

「あ、ぐっ………！」

鮮血が飛ぶ。アドレナリンかエンドルフィンか忘れたけど、とにかく興奮しているせいで痛

みは感じない。無手になったことに、目眩《めまい》のような恐怖を感じる——決着がついた。あの男は、僕をいつでも引き裂くことができる。

「お前を、干し首にして御守《アミュレット》にする」まったくもってぞっとしないロビン・フッドの提案だった。

殺されることに恐怖はない。だが、生き延びたい——そう熱烈に願った。

生き延びれば、想像ができる。

世界のどこかであやなが笑顔でいてくれるという想像が。

両手をだらりと下げる。ロビン・フッドは動かない。両足に力を込めている——獲物が弱っているからこそ、油断せず全力で襲いかかるため——まさに狩りの天才。

見誤っているとするならば、僕が隠し持った〝牙〟について彼は知らないというだけ。

唾《つば》を呑《の》む。

祈ったこともない神様に祈ろうとして、やめた。今、僕が祈って縋《すが》るべきは神ではなく、己自身だった。縋れ、己の才能と意志に。

一連の動作のために必要な存在を確認する——ポケットの中の〝牙〟、ロビン・フッドの背中にある矢筒、先ほど地面に落ちた〝存在〟。

意識が遠のくような感覚——実際には、研《と》ぎ澄まされたといってもいい。降りしきる雨の一粒一粒を認識できそうな、超常の世界。

ロビン・フッドが動くその瞬間を見定める。

彼の全身が跳ね上がるように――――動いた。僕はポケットに手を突っ込み、それを取り出し、彼の顔面向けて投擲《とうてき》した。

「…………っ!?」ロビン・フッドはほんの一瞬、自分の顔面に向けて襲いかかる〝牙〟のせいで硬直した――先ほど彼が宣戦布告のために放《はな》った矢の鏃《やじり》だ。鋼鉄製の投げナイフのようなそれを、彼は首を傾けることでどうにか躱《かわ》す――彼の頬《ほお》が斬《き》り裂かれる。

僕は、鏃を投擲すると同時に走り出していた。

ロビン・フッドが困惑しているのが分かる。この男に勝利する方法は、僕の行動を悟らせないことだ。それも、ただ悟らせないだけではダメだ。意外性があり、彼の思いもよらぬ手段であり、そして的確でなければならない。

ロビン・フッドは一瞬の驚愕《きょうがく》から立ち直り、トマホークを持つ両腕を大きく広げた。――

僕は、真っ直《す》ぐ彼の懐へと向かい――覚悟を決めて、跳躍した。

「な――――!?」宙を舞う。僕は二メートル近く跳びながら、ロビン・フッドの頭を乗り越え、背負っていた矢筒から長弓用の矢を一本引き抜いた。

それをしっかりと握り締めつつ、僕はぐるりと転がって着地。ロビン・フッドが振り返る、彼はまだ僕の行動の意味を理解していない。

僕は転がりながら、〝それ〟を手に取った。ロビン・フッドの顔がぎょっとしたものになる。もう分かっただろう？　お前が捨てた長弓だ。

一連の動作は、まるで何かに憑依されたみたいにスムーズだった。立ち上がりながら、僕は弓に矢を番《つが》えて、構えた。

狙《ねら》った。

射《い》ろうと思った――その瞬間、幻像《ビジョン》が浮かんだ。ロビン・フッドは必ず横っ飛びにこの矢を避けようとすると。

幻像《ビジョン》を見た瞬間、細胞レベルで体が反応する――座標をズラして射った。

矢は横に飛んだロビン・フッドの肩に突き刺さった。濡れた地面を滑るように、彼が転がっていく。

僕はすぐさま走り出し、ククリナイフを手に取った。ほんのわずか、巨大なダムに穿《うが》たれた小さな穴――それを、見逃さない。

「ああああああああああああああああああぁぁぁっ！」

絶叫して、斬《き》りかかる――ロビン・フッドが片手に握ったトマホークを投擲《とうてき》した。ククリナイフでそれを弾き飛ばす。残ったトマホークは一本、ロビン・フッドが起き上がりながらそれを構えた。

雨粒を斬り裂きながら、ククリナイフの刃が激走する。

トマホークの柄《え》は切断され、そのままロビン・フッドの首筋にククリナイフの刃が深々と埋め込まれた。

ロビン・フッドの口から大量の血が流れ出す。

だが、その血はすぐに土砂降りの雨に混じって消えていった。あとに残ったのは、彼の抜け殻だけだ。僕はさすがに疲労を感じて跪《ひざまず》き、しばらく雨に打たれ続けた。

「………………お、おめ、おめで、とう」ロビン・フッドが息も絶え絶えに呟《つぶや》いた。僕は慌てて顔を上げるが、彼からは殺気も敵意も感じられなかった。

にんまりとした笑顔――俺には何もかも分かっているんだぞ、という嫌味《いやみ》な表情。

「お、お前は、これから、殺す……殺し、続ける」その呟きを、何とかして理解しようとする。その通り、僕はこれから殺し続ける。

「せ、せ、世界を相手に、戦う」

「その通りだ」僕の答えに、ロビン・フッドは満足そうに何度も頷《うなず》いた。

「おま、お前は、だ、誰も、知らない、見たこともない、領域に、辿《たど》り着くだろう」

「領域……」

「神《ゴッド》、悪魔《デイモン》、英雄《ヒーロー》、怪物《ビースト》……。そ、そう、呼ばれる、偉大なる魂《グレイト・スピリッツ》に」

ロビン・フッドは夢見る子供のようだ。うっとりと、陶然とした表情でそう僕を呼んだ。

「……僕はただ、ケモノを狩り続けるだけだ」

「リス、」

「……?」

「リストを、探せ。〝ミスター〟が持っている」ロビン・フッドは再びにんまりと笑う。

「何のリストだ? ミスターとは?」

「…………お前が、この先を進むための、リ、リ、リストだ」

よろよろとよろめきながら、ロビン・フッドが立ち上がろうとする。慌てて僕は後ろに退《さ》がった。

ロビン・フッドは服を破り捨てると半裸になり、両腕を大きく広げて、瞼《まぶた》を閉じた。もごもごと口を動かしている、そっと耳を澄ませてみると、彼は英語ですらない言語で、何かに向けての祈りを呟《つぶや》いているようだった。

僕はその光景をじっと見守ることにした。それが、なんだか僕の義務のようにも思われたからだ。

「偉大なる魂《グレイト・スピリッツ》よ！　我が魂を、天に運び給《たま》え――――！」

ロビン・フッドが最後の力を振り絞ったかのようにそう叫ぶと同時に、雷が肩口に突き刺さったままのククリナイフを伝って彼の全身を貫いた。

「……!?」

――燃える。燃えている。ロビン・フッドはめらめらと体内から燃えている。降りしきる雨など問題にならぬ火勢《かせい》で、彼は燃えた。

やがて、豪雨がどうにかしてロビン・フッドの火を消し止めたとき、そこには何も残ってはいなかった。ククリナイフが一本、ぶすぶすと燻《くすぶ》る炭のような何かに突き刺さっているだけだ。

僕はククリナイフをそこから引き抜いた。刃にまとわりついた黒炭が、ぽろぽろと零《こぼ》れていく。それから、僕は先ほど弾いたトマホークを捜し出し、それをロビン・フッドがいた場所に突き立てた。

ロビン・フッドは服もろとも矢筒も捨て去っていた――それと長弓《ロングボウ》を背中に負った。多少歩きにくいから、落ち着いたら少し僕用に改良しなくては、などと思った。

さあ、雨がやまないうちにあの建物に向かわなくては。

誰一人逃がさぬために。

誰一人生かさぬために。

そして何より、二人をこの世界で生き抜かせるために。


僕は、疾走する。

§　§　§

豪雨で取り残された会員たちがパニックに陥《おちい》るのに、そう時間はかからなかった。〝ミスター〟は残されたスタッフと共に、会員を落ち着かせるのに全身全霊《ぜんしんぜんれい》を注いでいた。

だが、肝心のスタッフですら恐慌を来《きた》しつつある今、それが上手《うま》くいっているとは言い難かった。彼はこの上ない疲労を覚え、一人執務室に閉じこもった。

どの道、ヘリは動かせない。屋上への鉄扉《てつぴ》は厳重に閉じられている。監視カメラは、半分以上が破壊されて砂嵐しか映していない。〝ロビン・フッド〟は、自信満々で「彼」を狩りに向かい、そのまま行方《ゆくえ》知れずとなった。

幾度呼びかけても返答がない。

狩ったのか、狩っているのか、あるいは――狩られたのか。〝ロビン・フッド〟と共に向かったスタッフたちからも応答はない。ミスター自身も、とうとうこれまでにない焦燥を感じるようになった。

そのためか、彼は本来都市を囲むはずのスタッフも呼び集めていた――人員が少なくなったこともあるが、囲みを解けば彼は逃げる方を選ぶのではないか――？　そう思ったのだ。

自身の弱気を、「会員を救うために必要な措置」と置き換えて我慢する。デスクの引き出しにあった拳銃《けんじゅう》を手に取り――すぐに元に戻した。

必要ない、こんなもの。数十年必要だった試しはない……そして、これからも自分が天国に行くまで必要はない。

〝ミスター〟はメンバーの中で屈指の古参であり、クラブの主宰者を数十年続けているがその実、彼は一度たりとも人を殺したことがない。

彼は聖職者であり、人を殺せば地獄に行かなければならないと信仰している。その一方――人を弄んで間引くことには何の罪悪感も抱かない、それが異教徒ならば尚更だ。要は己の手を汚さなければ神は許してくださる――形骸《けいがい》化しているがゆえに、〝ミスター〟にはこの上なく都合のよい論理だった。

そんな彼が、銃を手にしようとした理由はただ一つ。
恐怖——それも、心臓が握り潰《つぶ》されるほどの。

銃声が鳴り響き、ミスターははっと顔を上げた。

「どうした、何が起きた？」

スタッフに声をかける——黙殺される。彼らは慌てて、その銃声がした方向へと駆けていく。


——ま、まさか。


そんなはずはない、こ、ここまで、い、生き残るなんて、あ、あり得ない。生き残ったとしても、そもそもこんなところにやってくるはずがない。何かの間違いだ、そうに決まっている。だから、逃げる必要はない。

震えながら、ミスターはドアを閉めて鍵《かぎ》をかけた。酒棚からスコッチを取り出し、蓋《ふた》を開いて一気に喉《のど》に流し込んだ。

恐怖を抑えるために、忘れるために、抗しがたい〝何か〟から逃《のが》れるために。

銃声は、未《いま》だ鳴りやまない。

早く鳴りやむことを祈っているのか、鳴りやまないことを祈っているのか。ミスターは、次第にその判別すらつかなくなり始めた。

§　§　§

僕はあの建物へと再び帰還した。僕はここで誕生した——そんな奇妙な感慨を抱《いだ》く。あの薄汚《うすぎたな》い手術室で、僕は選んだ。才能を開花させる道を。それでも、僕はそれを少しだけ誇っている——僕は、それを開花させることで大事な人を救えたのだから。

スタッフたちが銃を構える——僕は、ククリナイフではなく長弓《ロングボウ》で立ち向かうことにした。

——夢想する。この都市に来なかった自分とあやなを。

矢を放《はな》つ——防弾チョッキなど問題にもならず、鋼鉄の鏃《やじり》がスタッフの体を貫いた。苛烈《かれつ》な銃弾の掃射で反撃される。だが、その射撃はいかにも的外れだ。今必要なものは、僕がどんな存在であろうが構いもせずに銃を撃つ剛胆さだ。

怯《おび》えて、不自然な体勢で隠れながら撃っていても当たるはずがない。

——それは例えば、少しずつ幸せを積み重ねていく作業だったに違いない。


「……きくん、楼樹《ろうき》くんってば」

「あ、うん。どうしたの？」

「もー……ちゃんと話聞いてた？」

「ごめん、全然聞いてなかった」

「もー、もーもーもー」

「……牛？」

「違うよっ。はぁ、あのね楼樹くん。わたしはいいよ、楼樹くんがぼーっとしているのは今に始まったことじゃないし」

「あやなよりマシだと思うんだけどな……」

「話をちゃんと最後まで聞くっ」……はいはい。

「あのね、楼樹くん。わたしじゃなくて、他の女の子だったらどうするの？」

「どうするって……」

「今みたいに、話を全然聞いてない男の子なんてね。すーぐ嫌われるよ、愛が冷《さ》めちゃうよ？」

「まあ……そりゃそうかな。仕方ないことだよ」

「仕方ないじゃなくてね。ええと、日頃のきんちょーかんってものが必要なの」

「……あやなにだけは、緊張感云々《うんぬん》の話はしてもらいたくないなぁ」

「もぉおおおっ！」湯気を出して怒るあやな。けれど、僕が謝るとすぐに笑顔を浮かべて首を横に振る。他愛《たあい》もない、どうでもいい、そしてだからこそ愛した日々。

別にいいじゃないか。僕には君がいる。

いつか、そう伝えようと思っていた。勇気を出して、ちゃんとした場所でちゃんとした言葉で伝えようと、そう思っていた。


一人一人、確実に仕留めていく。仕留めるたびに、スタッフたちが恐慌を来《きた》す。彼らは飼育係で、僕らはかつて動物園の動物だった。彼らは怯《おび》えた獣を処理するのが仕事であり――獰《どう》猛《もう》な怪物を相手に戦ったことは、ついぞ久しぶりらしい。

ひたすら、仕留め続ける。銃弾が耳を掠《かす》め、肩を掠め、太腿《ふともも》を掠める。接近戦に移行した。サバイバルナイフごと、スタッフたちを斬《き》り倒す。

配電盤を発見――迷わず、全ての電源を落として破壊した。あっという間に建物が暗闇《くらやみ》に満ちて、悲鳴と混乱で溢《あふ》れ返った。

――意識し始めたときから、何もかも恥ずかしくてたまらなかった。


「……」

「……」

「あ、あはは。……何でだろうね」

「うん？」

「昔は、いっぱいいっぱい手を繋《つな》いだのに。どうして、今になって恥ずかしくなるんだろうね。不思議だなぁ」

「大人になったってことじゃないかな」

「んー……確かに、昔よりいろんなことを覚えたけど。わたしは、昔のわたしと変わってないかもって思う」

「ちゃんと、変わっていると思うよ。手を繋いだのが恥ずかしくなったのだって、それだろ」

「そうかな……」

「そうだよ。……僕だって、恥ずかしい。照れくさい。昔は……昔は、ただ嬉《うれ》しかっただけなのに」

「今は嬉しくない……かな？」

「……嬉しいよ、とても」笑う——たぶん、僕は一生を「何かあるはず」という奇妙な確信と共に過ごしたに違いない。この世が電脳でできていると気付く寸前の男のような、あるいは世界が一人の少女の夢にしか過ぎないと気付いた男のような虚無感を抱きながら。

けれど、それでも僕はきっと、間違いなく幸福だったろう。あやなと一緒ならば。

階段を上り、さらに走る——豪華な両開きの扉に辿《たど》り着いた。ドアに耳を当てる——ざわめく男たちの声。困惑、怒り、苛立《いらだ》ち、そして何よりも恐怖。

ひょっとしたら、自分たちは今安全な地帯にいないのではないだろうか——という目を背《そむ》けたくなるような真実。心底、それと向き合うことを怯《おび》えている。

僕は傍《そば》に転がっていたスタッフの死体から、鍵《かぎ》とサブマシンガンを拾い上げた。鍵穴に入れて回すと、思っていた以上に大きく解錠の音が響いた。

しん、と静寂。ドアを開ける——視線が、こちらに集中しているのが分かる。

僕は、部屋の暗闇《くらやみ》に向けて適当にサブマシンガンの銃爪《ひきがね》を引いた。あっという間に、その部屋は凄《すさ》まじいまでの阿鼻叫喚《あびきょうかん》に満ちる。すぐに銃弾が切れる——銃を適当に放り捨て、ククリナイフを引き抜くと中にいる人間を片っ端から斬《き》り刻み始めた。

――歓喜や興奮はない、あるのはただ、たゆたうような静かな喜びの日常。

――お互いに、それがずっとずっと続くと思っていて。

「あやな。今度の日曜日さ、どこかに出かけようか」

「え？　……うん。じゃあ、一緒に駅まで……」

「そういうのじゃなくてさ。ちゃんとデートしよう。待ち合わせ時間決めて、待ち合わせ場所決めてさ」

僕がそう言うと、あやなは顔を赤くして言った。

「……デートって、初めてだね」

「あ……そうだね」

「……」

「……」

「楽しみに……してる」

「うん。わたしも……楽しみ」

時折、銃声が響く。だが、銃弾は決まって僕ではなく僕以外の誰かを直撃した。出鱈目《でたらめ》に撃って、犠牲者を増やし、最後に痛い目を見るのは自分だろうに。

彼らは、自分たちが獲物を追うことを当然の権利だと思っていた。だが、権利には義務がついて回ることを彼らは失念している。

彼らには義務があった。とても大切な義務——銃を手にして、戦う義務だ。殺し合う義務だ。殺し、殺される覚悟をすることだ。

最後の一人が、這《は》いずりながら部屋の外へと出ようとした。足に銃撃を受けたらしく、激痛と恐怖で泣きじゃくっている。助けて、助けて、と何度も叫んでいる。僕が彼に近づくたび、べしゃべしゃという奇妙な音が足下から聞こえてくる。血と臓物を踏み締める、なんとも不快極まりない嫌《いや》な音だ。


——いつか、お互いに違う恋人ができるかもしれない。あるいは、お互いにいつまでも寄り添い続けることを選ぶかもしれない。

——それでも、つきあいはずっと続くと思った。どれだけ距離が離れたとしても、僕は彼女に会うためだったら、どこだって飛んでいったと思う。

「楼樹《ろうき》くん。改めて、言うのってとっても恥ずかしいけど……でも、言わなくちゃいけないと思うんだ」

「待って」

「……？」

「僕も、ちゃんと言う」

「そっか。じゃあ二人一緒に言っちゃおうよ」

「うん」

「わたしと――」「僕と――」

――つきあってください――

僕は頷《うなず》き、あやなも頷き、お互いに照れて照れて仕方がなかった。

「助けて、お願い、助けてください、お願《プリーズ》い、お願《プリーズ》い、お願《プリーズ》い…………」

僕は彼の顔を見ることもなく、無造作にククリナイフで首を斬《き》った。たちまち、懇願の声は掻《か》き消えた。そして、不意に静寂《せいじゃく》がこの建物を包んだ。ひょっとすると。この建物には、もう僕以外の人間がいなくなってしまったのだろうか？

ククリナイフを手にしたまま、僕は建物を彷徨《さまよ》い始めた。

――やがて老いて死ぬとき。どこにいても、誰と過ごしていたとしても。僕はたぶん、あやなのことを思い出す。彼女と一緒にいるときの、あのどうにもくすぐったくてたまらなくなるようなひとときを。

──そんなありえない幻想《ゆめ》を、心の奥底へ大切にしまいこんだ。

適当にあちらこちらの部屋へと踏み込んでいく。ほとんどが広く、快適な部屋だった。ふかふかのソファー、豪華な調度品、大きなテレビ、有り余るほどの食料と酒瓶。彼らは、ここに逗留《とうりゆう》していたのだろう。ベッドのシーツが若干乱れていた。

そういう部屋の一つに、無数のビデオテープが並んでいた。ぞっとする──丁寧に日付と場所を記したラベルが貼《は》られたビデオテープは、たまらなくおぞましかった。見るな、と本能が囁《ささや》きかける──僕はそれを強引に振り払う。

……見なければならない、どんなにおぞましい世界であろうとも。適当に一本摑《つか》み取り、部屋のテレビで再生した。たちまち───悪夢が雪崩《なだれ》のように襲いかかってきた。

殺され続ける人々がいた。
涙を流し、命乞《いのちご》いをする人々がいた。
這《は》いつくばりながらも、生き足掻《あが》く人々がいた。
それを、笑いながら弄《もてあそ》ぶケモノたちがいた。

死体をおどけて笑いの種にするケモノたちがいた。
生き足掻《あが》く人々を踏みにじるケモノたちがいた。

あらゆる悪徳がそこにあり、あらゆる絶望がそこにあった。彼らの体から流れ出る血は、綺《き》麗《れい》な涙のようだ。僕は必死になって、人々の顔を、涙を、血を、そして全てのケモノへの憎悪を、心に刻み続けた。全てを見ることは、時間的にとても難しかった。見る行為すら、罪深い代物だった……世界のどこかで、これを楽しんでいる人間がいる、そう思うと冷たい泥のような憎悪が僕の内側《なか》に溜《た》まっていった。これは、残しておいていい記録ではない――絶対に、一つ残らずだ。

僕は床に積み重ねた写真、ビデオテープ、ＤＶＤに、自家発電機のそばで発見したガソリンを降り注ぎ、マッチで火をつけた。

何もかもが一瞬で燃え尽きていく、金と、労力と、悪によって形作られた記録が残らず消えていく。――けれど、「こういう過去があった」ことだけは絶対に記憶に留《とど》め続けよう。世界中の名もなき人々の無念と絶望を、いつかケモノに返すために、人を玩具《おもちゃ》にした悦楽の代償をきっちり、とことんまで支払わせるために。

「あ……」

気付けば、外から光が差し込み始めていた。

窓から景色を見る——綺麗な青紫色の朝焼けが、目に染みた。僕は、それを見ながら少しだけ、彼らの無念への涙を許した。

しんと沈黙する廊下を歩き続ける、物音一つ聞こえない。ロビン・フッドはこう言った。

——〝リスト〟を探せ、〝ミスター〟が持っている——

さて、〝ミスター〟とは誰のことだったのか。あとで、斬《き》り刻んだ死体を探す羽目になるのかもしれない。

僕は、広大な建物の中をひたすら探し回った。生きている人間は誰もおらず、転がっているのは僕の手で斬殺《ざんさつ》されたケモノたちだけだ。一つ一つの部屋を見て回る——無人、無人、無人、無人——。

広大な都市をチェックするための監視部屋があった。今となっては、誰も見る者はいない。半分以上が砂嵐なのは…………僕のせいか。

さんざん歩き回って、ようやく僕はその扉を発見した。会員《メンバー》たちがいた部屋と同じように、両開きの豪奢《ごうしゃ》な扉だった。取っ手を握り締める——施錠している。迷わず、僕はその扉を目一杯の力で蹴《け》り飛ばした。

「……っ！」椅子《いす》に座っていた男が息を呑《の》んでこちらを見つめた。クラシックスタイルのスーツは上品で、よく似合ってはいたがどこかよれていた。疲れ切った顔で、僕を睨《にら》もうとするがどうにも精彩がない。

「……〝ミスター〟?」

その言葉に、彼——恐らくミスター——はぴくりと顔を引き攣《つ》らせた。誰が言った? そう問いたげだ。遠慮なく答えよう。

「〝ロビン・フッド〟が。ミスターを捜せと言っていた」

「あの、裏切り者め……」憎んでも飽き足らない、と言った調子。

「その裏切り者は、少し前に地獄へ堕《お》ちた。さて、ミスター」

「……」警戒するミスターに、僕はずかずかと近づいていく。殺される——そう覚悟したのか、彼は瞼《まぶた》を閉じた。だけど、僕は彼の襟首《えりくび》を摑《つか》んで言った。

「僕は、リストが、欲しい」——ミスターの顔色が、蒼白《そうはく》になった。……ロビン・フッドは確かに真実を伝えていたらしい。

「何の、ことだ?」僕はその問い掛けに耳を貸さず、椅子から無理矢理立ち上がらせて彼を引き摺《ず》った。弱々しい老人である彼は、多少の抵抗を見せたが——すぐに諦《あきら》めた。

彼を床に座らせ、僕も床に座る。そして、彼の目をじっと見据えた。

こうして、最後の戦いが始まった。

「リストとは、何のことだ？」——沈黙。

「訳が分からない。……私をどうするつもりだ？」——沈黙。

「答えろ、私が憎いか？　殺すつもりか？　拷問《ごうもん》では飽き足らないか？」——沈黙。

「ロビン・フッドが何を言ったか知らんが、私はただの調整役に過ぎん。クラブのことについて、お前が知っている以上の知識はない」——沈黙。

「……何が望みだ？　金か？　もちろん知っている。お前は金では動かない、だろう？」

——沈黙。

「戦いが望みならば、私はあらゆる戦場を用意できる。アフリカがいいか？　南米は？　イタリアのマフィアを相手取るというのも悪くはなかろう」——沈黙。

「殺戮《さつりく》が望みならば、私は——あらゆる悪徳を教えてやろう」——沈黙。

僕は、彼のあらゆる言動に耳を貸しつつ完全な無関心で押し通した。

僕は何も伝えてはいないが、僕の態度そのものが彼への要求を表明している。


——〝リスト〟。

　恐らくは、世界に散らばる会員たちの名簿。僕がこれから先に向かうための大切なもの。それ以外のあらゆる存在を、僕は拒否できる。

「――貴様の両親は、健在だろう?」――沈黙。

「我々の組織網を甘くみるな。どれほど時間がかかろうとも、必ずお前と縁あるものを捜し出し、お前が絶叫して後悔するほどの芸術的な死体にしてやる」――沈黙。わずかな反応すら、僕は見せなかっただろう。

「……なあ、私は本当にリストなんて知らないんだ」――沈黙。

　弱々しく、ミスターが噎《むせ》び泣く。直感で、嘘《うそ》泣きだと分かった。だから、僕はひたすら沈黙した。彼の肩に手を触れることすらしなかった。

「……」ちらりとミスターが僕を見た――目線が合う。忌々《いまいま》しげに顔を上げる。

「私は……本当に、何も……」――沈黙。

　時間は流れ続ける。朝が来たかと思えば、すぐに太陽が沈んで夕陽が部屋を染め上げた。そして、再び夜がやってきた。その間、ミスターはあらゆる言葉で僕を脅迫し、籠絡《ろうらく》しようとし、懇願し、同情を得ようとしていた。

そして、僕はその一切に無関心を貫き通した。ロビン・フッドの最期の言葉がなければ、僕はこれほどの確信を持って彼に迫れなかったに違いない――皮肉なものだ。

「……リスト……リストは……」

ミスターは疲れ切った顔で、目をぎょろつかせながらもごもごと呟《つぶや》いた。充血した眼球が盛んに活動している。眠ろうにも、眠れないのだろう。

「リスト、リスト、リスト、リスト、リスト……」――沈黙。

「ああ――リストは、リスト、リストなんてものは、知らない、知らない、知ってる、いや知らない、知ってる……? あれ? 知っている……? 知らない……?」――沈黙。

「……………」――沈黙。

「……………」――沈黙。

「……………」――沈黙。

「……………」――沈黙。

「……………」――沈黙。

「……………」――沈黙。

――沈黙。「……………」

――沈黙。「……………」

――沈黙。「…………………」

――沈黙。「…………………」

――沈黙。「…………………」

――沈黙。「…………………」

たった十二時間ほど、こうしていただけなのにミスターはまるで二十年の月日を経たかのように憔悴《しょうすい》していた。眼球はぐりぐりとせわしなく動き続け、汗はあとからあとから滴《したた》り落ち、口を開いては閉じの繰り返しで、涎《よだれ》が唇の端から垂れていたがそれを拭《ぬぐ》おうともしなかった。

「あ…………ああ…………」

ミスターがよろよろと立ち上がった。半開きにした口から、涎が滴り落ちている。彼は先ほど座っていた机に向かうと、一番下の引き出しを開けて、そこから分厚く古い革表紙の本と薄い書類を取り出した。

「……」無言で差し出される。僕は、それを受け取ってぺらりとページを捲《めく》った。古い、古い記録だった。〝クラブ〟――何とその創設は、百年以上前だ。そして、この分厚い本は、創立時のメンバーからひたすら順繰りに加入したメンバーを登録し続けたものだった。死亡しているかどうかも、当然きちんと書かれている。

半ばあたりで一旦《いったん》閉じて、僕は後ろから見ることにした。真新しいメンバーの名前、登録日、そして今どこにいるか。


カチリという最早《もはや》、馴染《なじ》み深い音が部屋に響き渡り、僕はミスターをちらりと見つめた。

ミスターは、拳銃《けんじゅう》を握り締めている――沈黙。

「お前は、知りすぎた」――無視。メンバーは会員はおろか準会員まで登録されているようだ。よし、これさえあれば僕は先に進める。進んでみせる。

「……何故《なぜ》、私を見ない？　何故、何故、何故!?」――沈黙していた僕は、初めて口を開いた。

「お前は撃てない」――英語で、はっきりとそう告げた。老人の方を向こうともせずに。

「あ…………」以降、僕は彼を無視した。彼が選ぶ結末は、何とはなしに読めている。

クラブの誇り高き運営者――今では、失墜したただの老人。それでも、僕が彼の重要性を認めればまだしも救いはあった――殺されるにしても。

だが、僕は彼に一片の価値すらも認めていない。だから、ただ無視した。お前はこのリスト以下の価値しかない――単なる記録と比較される屈辱。

「わ、わた、私は、私は、私は……偉大なる、クラブの、〝ミスター〟であり、」

無視する。


――お前は、それに耐えられるか？

僕は彼に背中を向ける。

「待て！　待ってくれ！　待ってくれェェェッ！」——待たない。歩きながら、僕は彼の心中を想像する。

撃ってしまえばいい、撃つことは簡単なのだ。だが、そこに至るまでの展開を彼は認められない。僕という存在は、彼をまるで存在していないかのように扱い、ただ無視していた——それを撃つ？　それは狩り《ハンティング》などではない。

それはプライドを傷つけられたことへの子供じみた怒りの一撃——つまり、僕を殺すということは、自分が心底下らない人間だということを証明してしまうことになる。これまであらゆる人間から褒め称《たた》えられ、栄光に浴してきた老人は耐えられるだろうか？　積み重ねた全てを無にしてしまうような一撃を放《はな》てるだろうか？


——パン、という乾いた音。


それは僕を狙《ねら》ったものではない。僕を狙ってどこかに当たった訳でもない。彼は、彼なりの誇りを抱いて、僕の心に彼の死が刻まれることを選んだのだ。

だから、僕は——彼の死体を見ることもなく、その場を立ち去った。それきり、彼のことは記憶からも消すことにした。必要があれば思い出すが、それ以外に彼はまったくもって僕には不要の存在だった。詰まるところ、ミスターは最期の最後で究極的に道を違《たが》えてしまった——僕を殺したあとで、自分を取り戻す努力を行えばよかったのに。最期の最後で怠惰な道を選んでしまった——無駄死にだ。

——そうして、僕は一人になった。

血溜《ちだ》まりの中を歩きながら、僕はリストと共に手渡された薄い書類を見た。こちらは、どうやら今大会の参加メンバー——つまり、僕が始末した者の名前らしい。僕はその書類とリストを照らし合わせ、一致したメンバーをリストから削除していく。

転がっていたボールペンを使って、左目だけで苦労しつつも線を引いていくと残りの会員が明らかになった。

会員・準会員数——合わせて百二十七名。これから僕が狩るべきケモノたち。

恐らく彼らは、まだ考えているだろう――自分が襲われるなんてことはあり得ない。僕という存在は偶発的な事故の賜物《たまもの》であり、涙腺《るいせん》を多少刺激する程度の悲劇でしかないと。何故《なぜ》なら――〝クラブ〟の会員を追跡できるはずがない。

だが、やがて彼らは知るだろう――自分たちの同志が、日々事件に巻き込まれていることを。会員はこれから先一名たりとも増えることはなく、一日を経るごとに屍《しかばね》だけが増えていく。彼らはいつ気付くだろうか。今、自分たちが参加しているゲームは人狩り《マンハント》などではなく、殺し合いなのだということに。


この僕によって。

このケモノガリの手によって。


ぼんやりとあやなのことを考えた。いつか、僕は彼女の顔すら忘れてしまうのだろうか。古びていく写真のように、何もかもが粗くなっていつしか消えていくのだろうか？

それを思うと辛《つら》くてたまらなくて、僕は膝《ひざ》を屈したくなる。

けれど、すぐにこう思い返すのだ。

――それでも、僕が彼女を愛したという事実には変わりない。

彼女が僕のために泣いてくれたという事実にも変わりない。

そして、僕は彼女の幸福のために全てを捧《ささ》げる決意をした。たかが永遠に会えない程度、何のことはない。

ひっそりとした建物で準備を整えた僕は、地図を見ながら目指すべき国を選んだ。よし、この国に行こう、その国に住むとある貴族が、僕がこれから狩る最初のケモノだ。

行こう。そして、ケモノたちを狩ろう。

僕は歩き出す。晴れやかな青空の下を——僕は、歩き出す。

エピローグ　獣狩

貴島《きしま》あやなと深山葉瑠《みやまハル》は、五時間車を走らせ続けた。途中、疲労を感じたときは道路の脇《わき》に車を停止して仮眠した。不安と疲労はピークに達していたが、何より葉瑠にとって辛《つら》かったのは誰も信用できないという孤独感だった。

街に辿《たど》り着いた。車のエンジンを停止させはしたものの、葉瑠は降りようとしない——恐怖で、震えている。

あやなは葉瑠の手を握り締めて言った。

「……降りよう。わたしがついているから」

「大丈夫？　本当に、私たち、大丈夫かな？」恐怖に震えながら葉瑠は言った。

「大丈夫だよ。……一緒に、日本へ帰ろう」優しげな声。

葉瑠はこくりと頷《うなず》き、車を降りた。手を固くしっかりと握り合い、汚れた顔にも構わず真っ直《す》ぐに歩き出す。

道行く人々は、薄汚れた日本人が珍しいのか、ちらちらと二人を見ていた。葉瑠の手がぎゅっとあやなのそれを強く握る――。

ライフルを持った兵士が、無表情で立っていた。あやなにも、葉瑠《ハル》の心臓の鼓動が伝わってくるかのようだった。

買収されてはいないのか、こちらを騙《だま》そうとしないのか、敵ではないのか。

「あの人は、きっと大丈夫」あやなの確信に満ちた発言。

「……どうして分かるの?」

「えっと……」

あやなは自分でも分からないくらい確信に満ちていた。それは、道行く人々を眺める兵士の目が穏やかさに満ちていたからだとか、顔の傷は独立戦争を戦ったときの負傷だろうとか、自分たちの力で平和と自由を手に入れた人間の誇りある顔をしているからだとか――そんなものを、あやなは独特の感受性で感じ取ったためだったが、説明しようにもしきれなかった。

「ううん。あやなを信じる。赤神《あかがみ》くんをずっと信じていたあやなの目は、私なんかよりずっと確かだと思うから」

「……うん」

手を繋《つな》いだまま、真っ直《す》ぐ彼のもとへと向かう。不審そうに眉《まゆ》をひそめる兵士に、葉瑠が声をかけた。

「どうかしましたか?」――兵士の声。

「お願いします、助けてください！」葉瑠は真っ直ぐ兵士の目を見て、そう告げた。

「分かりました。どうか落ち着いてください」

彼は頷《うなず》き、葉瑠の言葉に耳を傾け――。


それからはあっという間だった。兵士は二人を兵舎まで連れていき、温かいお茶を振る舞った。それを飲みつつ、葉瑠は事情をつぶさに語った――嘘《うそ》をつくのは、少々心苦しかったが。日本大使館の人間が飛んできた。兵士たちは一時間ばかりの会話で、すっかり二人が気に入ったらしく、兵士はお土産にと熊《くま》のぬいぐるみを持たせてくれた。あやなは満面の笑顔でそれを受け取り、車に乗ってからもずっと手を振っていた。

親しげに話しかけてくる大使館の男にも、徹頭徹尾《てっとうてつび》、嘘をつき続けた――指定のバスに乗らず、こっそりと別の車に乗って観光を続けていた。ところが、うっかり道に迷ってしまった。怖くなってうろうろしているうちに、どんどんと街から外れていった。連絡を取ろうにも、お金がなく、電話番号も分からなかった――。幸い英語を話せたので、事情を話して親切な人に助けてもらっていた……。

大使館の男は、二人に顔をしかめて注意した。ここは日本ではないのだから、そういう無鉄砲な真似《まね》はやめなさい、と。

あやなはいかにも反省してない、というような笑顔を浮かべて「はぁい」と我ながら間が抜けている、と思う返答をした。

男は大きく溜息《ためいき》をついていた——きっと、未来を支える日本の若者たちに、失望しているに違いないと二人は思った。

そうして、葉瑠《ハル》とあやなは以前泊まったホテルにもう一度泊まらされることになった。盗聴器がついていることも考慮し、徹頭徹尾《てっとうてつび》、嘘《うそ》をついて語り合った。やがて、ようやく——馴《な》染《じ》み深い顔がやってきた。

「渋谷《しぶや》先生……！」

怒られるより先に、嗚咽《おえつ》しながら抱き締められた。ああ、そうかと二人は理解した。

「よかったなぁ、お前ら！　生きててよかった……！」


——お前たちのクラスメイトは、バスの事故で死んでいるんだ。

渋谷は本当に言いにくそうに、涙を浮かべながらそう告げた。葉瑠とあやなは顔を見合わせ、芝居をする必要性すら見出《みい》ださず——泣きじゃくった。さんざん泣いたあと、すぐに日本に帰りたい、と告げた。教師もそれには納得したようで、大使館に事情を話して二人を車でハンガリーの空港へと連れて行った。

既に、他のクラスの人間は日本へと帰っていた。渋谷だけが、事後処理などもあって残っていたらしい。

空港が一番緊張した――殺されるとしたら、ここが一番危険だ。二人は手を繋《つな》ぎ、恐怖を押し殺しながら飛行機を待ち続けた。幸い、事情を知らぬ人間たちはそれがクラスメイトを一度に失った悲しみだと解釈してくれた――それは間違いではない。矢崎《やざき》の死を思い出すだけで、葉瑠は涙を浮かべることができたし、あやなも同様だった。

飛行機に乗った。大使館員が気を利かせてくれたのか、ファーストクラスだった。二人は疲《ひ》労困憊《ろうこんぱい》に達していたが、それでも油断しなかった。渋谷は、フライトアテンダントが傍《そば》に近づくたびにビクリと起き上がる二人を見て、まだショックが尾を引いているのだろうと解釈したらしく、彼女たちの傍に誰も近づかないようにと頼んだ。

やがて、日本が見えてきた。葉瑠はふと思いついて尋ねた。

「先生。……事故のことって、日本で騒ぎになってますか？」

「あ、ああ。マスコミは来ていると思うが」渋谷は困惑しながら頷《うなず》いた。

「顔を見せたくないんですけど、何とかなりますか？」――当面の間、あらゆる意味で顔を晒《さら》すのは避けるべきだ。

「……うん、そうだな。先生も、ああいうハゲタカみたいな連中にはいい加減うんざりしていたところだ」納得したように頷《うなず》いた。実際、精神的に参っているこの二人に記者の無遠慮な質問をぶつけられること自体が、許せないだろうと思った。

渋谷《しぶや》の尽力で、二人はマスコミの前に姿を現すことなく空港から脱出した。連絡を受けていたあやなと葉瑠《ハル》の家族が出迎えてくれた。二人が絶対に離れ離れになりたくない、と告げると葉瑠の父親はショックのせいだと理解してくれたらしく、あやなの家族と相談した末に、深山《みやま》家の持つ別宅に二人を送り届けた。

葉瑠の家族は生きてて良かった良かった、と涙ながらに何度も繰り返した。あやなの家族は、幼い頃から親しくつきあっていた赤神楼樹《あかがみろうき》が死んだことがショックらしく、思い出を語りながら、泣き続けた。

そうして、さんざん泣いた二人は寝室でようやく繋《つな》ぎ合っていた手を離した。二人は決意と覚悟を秘めた瞳《ひとみ》で、〝真実〟を語り合った。

「……やっぱり、事故扱いなのね」

「そうだね。ほら、新聞見て。これ、わたしたちが乗ってたバスだ」

「う。死体は森の動物が食べたことになってる」葉瑠が口を手で押さえる。想像して気分が悪くなったらしい。

「――でも。これで、死体の数に矛盾は発生しなくなったと思う。楼樹くんも、わたしも、それから葉瑠ちゃんも生きていたって不自然じゃない」

「世界中の鬼畜野郎が、私たちの顔を知っているけどね」

現代のネットワーク技術は、本当に厄介だ。自分たちの顔も、当然のように映像記録に残されているだろう。これから先、自分とあやなは死ぬまで怯《おび》え続けなければならないのだろうか

――？　そんなことを思い、陰鬱《いんうつ》になる。

「……でも、大丈夫。きっとみんな、わたしたちどころじゃなくなるから」

だが、あやなのきっぱりとした口調に葉瑠は思わず顔を上げた。

「赤神くんの、こと？」

あやなは頷《うなず》く。その瞳《ひとみ》は正気であり、全幅の信頼を置いていた。

「楼樹くんは、絶対に生きている。そして、絶対に彼らを許さない。〝クラブ〟が滅ぶまで、絶対に止まらない」

「――そっか。震えるべきは私たちじゃなくて、あいつらって訳ね」。葉瑠は納得したように頷いた。不思議と――あやなの言葉に賛成できない自分がいた。理性では不可能だと思う、けれど、本能に根ざした部分であの赤神楼樹ならばそれは決して不可能ではないと、断言できた。

張り詰めていた神経が解け、眠気が襲いかかってくる――二人はそれを受け入れた。明かりは消さなかった。あのときの恐怖は、未《いま》だ脳に刻まれている。

けれど、と葉瑠は考える。

その恐怖もやがて消える。胸を穿《うが》つような悲しみもやがて消える——春になれば、雪は溶けるしかない。矢崎《やざき》を失った悲しみも、やがて消えて——あとに残るのは、思い出だけなのだろう。だが、それでいいのだと思う。自分が死んだとしても、それを望む。

明かりをつけたまま、二人はベッドへと潜り込んだ。瞼《まぶた》を閉じたまま、語り続ける。

「ねえ、あやな。……楼樹《ろうき》くんのこと、待つつもり？」

あやなは首をふるふると横に振った。ちょっと意外だな、と葉瑠《ハル》は思った。

「ううん、待たないよ。世界中どこにいたって、追いかけて……抱き締めてあげるんだ」幸せそうにあやなは言った。

葉瑠は優しい笑顔を浮かべ、そっとあやなの頰《ほお》に手をやった。

「……そう。あやなの決意はよく分かったわ。でも、必要なことがたくさんあるわよ？　語学だって、ちゃんと学ばなきゃ」

「うん。分かってる。今のわたしは、きっと楼樹くんにとって重たい荷物になっちゃう。だから、いろいろなことを頑張る」

「……………そう。いい、心がけ、だって……思う……」

「頑張るんだ……」

睡魔が二人の意識を連れ去っていった。これから先、幾度となく悪夢を見るだろう。だが、その悪夢もやがて振り払うことができるはずだ。

この世界のどこかに、赤神楼樹がいる。赤神《あかがみ》楼樹が存在し、世界のどこかで戦っている——復讐《ふくしゅう》と、それ以上の何かのために。そう考えるだけで、悪夢は容易《たやす》く退散するのだから。

§　§　§

猿轡《さるぐつわ》を噛《か》まされていた。もっとも今は自分の身が一番大事だ、妻はこの際どうでもいい……むしろ、妻が犠牲になって自分が助かるのであれば問題ないのだがな、と男は考えた。

あまりにも唐突な出来事だった。くだらない雑事を終わらせ、妻が「そろそろ電気を消してもいいかしら」とベッドに寝そべりつつ不平を訴えてきたので、やれやれと立ち上がって電気のスイッチをオフにしたところで——誰かが、部屋の中にいたことに気付いた。悲鳴どころか、声すらあげられずに失神してしまったが。

「あなたの奥さんは無事だ」英語のアクセントからアジア系かな——と男は推測した。どうだ、金はある。山ほどあるぞ、持っていけ、金庫の番号だって教えてやる。金庫には拳銃《けんじゅう》がある、隙《すき》を見てそれで射殺することも可能だろう。

だから、早く金を捜し出せ。おい、なぜ動かない。なぜお前は暗がりの中でじっと俺を見下ろしている。なぜ俺はお前なんかのために、冷や汗をかかなきゃならないんだ。

男が、たどたどしい言葉で尋ねた。

「あなたの名はジャノス・イシュトヴァーンでよろしいか？」――首を横に振ろうとしたが、嘘《うそ》をついたらどうなるか分かっているだろう、という言外の迫力に思わず頷《うなず》いた。

男は彼に顔を近づけた。暗がりで見えなかった男の顔が、ぼうっと浮かび上がる。どこかで見た顔だな――とぼんやり考えた。顔を見たのはまずいかもしれない、などとも思った。

男は静かに、彼の耳元で囁《ささや》いた。

「〝クラブ〟」その単語が意味するものは、彼にとって一つしかない。

――ジャノスの顔がさっと蒼白《そうはく》になった。慌てて取り繕《つくろ》おうとしたがもう遅い。この瞬間、眼前の男は自分を有罪《ギルティ》だと認識した。

――そうだ、思い出した。思い出したぞ。この男は、あいつだ。あのゲームを途中で台無しにした怪物……！

「知っているんだな？」――ふるふると、必死に首を横に振った。すぐに無駄だと悟った。ジャノスはもう、彼の目的を理解していた。血に餓《う》えたケモノの復讐《ふくしゅう》だ。

男は無言で巨大な剣を構えた。猿轡《さるぐつわ》越しに幾度も絶叫、命乞《いのちご》いをする。目の前の男が彼を蔑《さげす》むように見つめながら言った。

「お前は、それを聞き入れたことがあったのか？　差し出された獲物を、拒否したことがあったのか？」──────ない。

首を刎《は》ねられた瞬間、ジャノスは恐怖と絶望を顔に貼《は》り付けた。もしも、このとき奇跡が起きて、男のククリナイフが彼の首と命を絶つ寸前で止まっていたとしても──その顔は二度と元に戻らなかったに違いない。


屋根に登り、綺麗《きれい》な綺麗な月を見る──思わず、眺めたくなって座り込んでしまった。少しくらいはいいかな、などと自分に言い訳をする。徒労はなく、傷もなく、ただ充実感だけがあった──人間としては実に壊れているな、とは僕も自覚している。どうあれ、僕は人殺しだ。

僕の認識では、ケモノを狩っただけに過ぎないけれど。

日本とこの国の時差は八時間。時間から考えると、もうそろそろ日本は夜明け。まだあやなは眠っている頃だろうか。昔から寝ぼすけで、いつも僕が起こしに行かなきゃならなかったっけ──。彼女と離れたことを寂しくも、そしてどこか幸福にも感じている。本能は寂しさを、理性は幸福を感じている。理性はとても幸福だ。彼女を、こんな血みどろの世界に巻き込まずに済んだことが、とても幸福で仕方がない。けれど、僕の本能はとても寂しい。永遠の別れを理解しているから、とても寂しい。

ああ、そうか――だから、

「楼樹《ろうき》くん、大丈夫?」

こんな悲しい幻影を、見てしまう。


薄ぼんやりとした、蛍の光のような彼女の姿を見てしまう。――それでも、この幻影の彼女は僕にかつての赤神《あかがみ》楼樹を取り戻させてくれる。僕がいつか失墜しそうな闇からでも救い出してくれる――そんな気がした。


幻影の彼女に微笑《ほほえ》み、大きく頷《うなず》く。

「ああ、大丈夫。……僕はまだ、戦えるよ。辛《つら》くても、悲しくても、戦い続けると決めたんだから。あやな、ありがとう」

束《つか》の間の休息を味わい、僕は立ち上がる。

「――よし、行くか」

屋敷で悲鳴があがる前に立ち去ることに決めた。奥さんに顔を見られていないのは幸いだったが、次は上手《うま》くいくかどうか分からないな……いっそ覆面でもした方がいいだろうか。さて、次はどこへ行こう?

「あ………忘れるところだった」

僕はバックパックから、リストを取り出し——ジャノス・イシュトヴァーンに赤い横線を引いた。

ケモノガリが狩るべきケモノ——残り、百二十六頭。

僕は、戦い続ける。

僕は、狩り続ける。

獣狩

0126

あとがき

どうもどうも、東出祐一郎《ひがしでゆういちろう》です。

「ケモノガリ」、楽しんでいただけましたでしょうか。

さて、あとがきのネタをいろいろと考えているのですが……もう、さっぱりネタが浮かびませんですな。あとがきなんてのは、結局のところカレーにおける福神漬けのようなもので、あってもなくても困りはしないものなのです。つまり僕は福神漬けが苦手です、いつも除《よ》けて食べてます。いや、カレーの話はどうでもいい。カレーに唐揚げが合うなんて話もどうでもよい。

あとがき……この空白をどうしたものか。

ひとまず社会派ぶりつつ「この話はフィクションですが、世界には餓《う》えた子供が！　地球環境が！　資本主義の弊害が！　ひょっとしたらこんな話だってありえるかもしれない！　ああ、なんてこった！　ジーザスクライスト、世界に愛と平和を、銃と戦いを！　そのためならあらゆる武力行使も暴力沙汰《ざた》も辞さねぇぜ！　貴公の首は柱に吊《つる》されるのがお似合いだ！」みたいなネタも一応用意してみたんですが。必要ないですか、そうですね。というか、最後全然社会派じゃないな。

まあ、そんな現実を嘆いていても仕方ありません。そもそも本作は、そんな現実とは関係ない、ひたすら読んで楽しいものを目指したつもりであります。ページを捲《めく》りながら、主人公たちのアレやコレやにハラハラドキドキワクワクテカテカしてくだされぱそれに勝る喜びはありません。陰惨なシーンも、そんなにないはず！　……ないはず！（思い込もうとする努力は大切です）

続きまして近況です。腰がそろそろヤバい、健康グッズに手を出し始めた、整体受けているときが至福のとき。三十代まっしぐらという感じで素敵ですね。

あとはひたすら『Fallout3』をプレイして荒廃したアメリカの大地を、ヌカランチャーでさらに汚染しています、ひでえな、おい。あとは……ええと……ええと…………ないな、ひたすら何もないいな。

では、ここで改めて本作のカバー及び挿絵を担当してくださったガイナックスの品川宏樹《しながわひろき》様に厚くお礼を申し上げます。楼樹《ろうき》は格好よく、あやなは可愛《かわい》らしく、ロビン・フッドはワル格好よくと素晴らしいイラストを提供してくださったのですが……。

その中でもハリウッドスターのデザインは〝オーケーあんたの希望はよく分かってるぜ〟感が凄《すご》すぎて、まさにぐうの音も出なかった……！

最後に、この本を読んでくださった方、これから読もうとしている方、あるいは立ち読もうとして手に取った方。ありがとうございます。立ち読もうとしている人はできれば買ってくださるとなお嬉《うれ》しい。

それではまた次回作でお会いしましょう！　お会いできなかったらどうしよう！

気にするな、人生いつでもタイトロープ！　それではまた。

ガガガ文庫8月刊

クイックセーブ&ロード

著／鮎川《あゆかわ》 歩《あゆむ》

イラスト／染谷《そめや》

中学生・榊潔人は自殺を繰り返す事により、自分の好きな場所、好きな場面から人生をやりなおすことができる……。第3回小学館ライトノベル大賞優秀賞受賞作。

ISBN978-4-09-451155-0（ガあ5—1）　定価660円（税込）

クラウン・フリント④　さよなら、カレン

著／三上康明《みかみやすあき》

イラスト／純《すみ》 珪一《けいいち》

離ればなれになった兄のシ念と再会する——カレンの願いが叶うとき、ぼくとカレンはさよならをする。別れの日は迫り、そしてハロルドとの最終決戦の時が……。

ISBN978-4-09-451154-3（ガみ2—8）　定価620円（税込）

されど罪人は竜と踊る⑦　Go to Kill the Love Story

著／浅井《あさい》ラボ

イラスト／宮城《みやぎ》

完全真説版長編！　愛の悲劇へと突き進む少女アナピヤが、ついに登場！　アナピヤはガユスに対し強烈に愛を乞う。それが全ての悲劇の始まりだった!!

ISBN978-4-09-451153-6（ガあ2—7）　定価680円（税込）

スマガ③

著／大樹連司《おおきれんじ》　原作／ニトロプラス

イラスト／津路参汰《つじさんた》（ニトロプラス）

ニトロプラス人気作のノベライズついに完結。悪魔殲滅のために宇宙へと旅立ったうんこマン（仮）と魔女ミラに降りかかる、誰も知らない衝撃の結末とは……？

ISBN978-4-09-451151-2（ガお1—8）　定価620円（税込）

ハヤテのごとく！SS　超《スーパー》 アンソロジー大作戦!!

著／築地俊彦《つきじとしひこ》ほか　原作／畑《はた》 健二郎《けんじろう》

構成／水城正太郎《みずきしょうたろう》　イラスト／畑《はた》 健二郎《けんじろう》ほか

「ハヤテ」ノベライズ最新作は、豪華作家陣競演！　ショートストーリー&イラスト、コミックなど、読みかたによって物語のエンドが変わるおもしろ企画本！

ISBN978-4-09-451156-7（ガつ1—4）　定価600円（税込）

リバース・ブラッド⑥

著／一柳《いちやなぎ》 凪《なぎ》

イラスト／ヤス

鳴沢巽の脳に埋め込まれた「宇宙」は拡大を続け……ついに“世界の反転”が始まった。明かされる異端の医師・葛城悠久の究極目的。幻想伝奇譚、堂々の完結。

ISBN978-4-09-451152-9（ガい3—7）　定価600円（税込）

GAGAGAGAGAGAGAGAGAGAGAGA

Bullet Butlers 1

～虎は弾丸のごとく疾駆する～

著／東出祐一郎

イラスト／中央東口
定価 630 円（本体 600 円）

ドラゴンの末裔が統制するファンタジー異世界で活躍する執事の物語……この夏話題のゲームを小説化！　今度の執事は人虎！　いまノベルゲーム界で「泣ける人間ドラマ」を書くシナリオライターとして人気急上昇の天才・東出祐一郎、小説デビュー作！

小学館ルルル文庫
9月刊のお知らせ

『キャンディ・ポップ③』
倉吹ともえ イラスト/ねぎしきょうこ

『珠《しゅ》華《か》繚乱《りょうらん》 〜明日に吹く風〜』
宇津田 晴 イラスト/山下ナナオ

『横柄巫女と宰相陛下②』
鮎川はぎの イラスト/彩織路世

第2回小学館ライトノベル大賞ルルル文庫部門
佳作受賞作デビュー!
『双剣の影使い 夕映えの丘のリーザ』
月野美夜子 イラスト/梨月詩

（作家・書名など変更する場合があります。）

ルルル文庫

9月1日(火)ごろ発売予定です。お楽しみに!

GAGAGA

ガガガ文庫

ケモノガリ

東出祐一郎

発行	2009年7月22日 初版第1刷発行
	2009年8月22日 第2刷発行
発行人	辻本吉昭
編集責任	野村敦司
編集	望月 充
発行所	株式会社小学館 〒101-8001 東京都千代田区一ツ橋2-3-1 [編集]03-3230-9343 [販売]03-5281-3556
カバー印刷	株式会社美松堂
印刷・製本	図書印刷株式会社

Printed in Japan ISBN978-4-09-451148-2

第4回小学館ライトノベル大賞
ガガガ文庫部門応募要項!!!!!!

ゲスト審査員は竜騎士07先生!!!!

ガガガ大賞：200万円＆応募作品での文庫デビュー
ガガガ賞：100万円＆デビュー確約
優秀賞：50万円＆デビュー確約
選考委員特別賞：30万円＆応募作品での文庫デビュー

第一次審査通過者全員に、評価シート&寸評をお送りします

内容 ビジュアルが付くことを意識した、エンターテインメント小説であること。ファンタジー、ミステリー、恋愛、ＳＦなどジャンルは不問。商業的に未発表作品であること。
（同人誌や営利目的でない個人のWEB上での作品掲載は可。その場合は同人誌名またはサイト名を明記のこと）

選考 ガガガ文庫編集部＋ガガガ文庫部門ゲスト審査員・竜騎士07

資格 プロ・アマ・年齢不問

原稿枚数 ワープロ原稿の規定書式【1枚に41字×34行、縦書きで印刷のこと】は、70〜150枚。手書き原稿の規定書式【400字詰め原稿用紙】の場合は、200〜450枚程度。
※ワープロ規定書式と手書き原稿用紙の文字数に誤差がありますこと、ご了承ください。

応募方法 次の3点を番号順に重ね合わせ、右上をひも、クリップ等で綴じて送ってください。
① 応募部門、作品タイトル、原稿枚数、郵便番号、住所、氏名（本名、ペンネーム使用の場合はペンネームも併記）、年齢、略歴、電話番号の順に明記した紙
② 800字以内であらすじ
③ 応募作品（必ずページ順に番号をふること）

締め切り 2009年9月末日（当日消印有効）

発表 2010年3月発売のガガガ文庫、及びガガガ文庫公式WEBサイトGAGAGAWIREにて

応募先 〒101-8001 東京都千代田区一ツ橋 2-3-1
小学館コミック編集局　ライトノベル大賞【ガガガ文庫】係

注意 ○応募作品は返却致しません。○選考に関するお問い合わせには応じられません。○二重投稿作品はいっさい受け付けません。○受賞作品の出版権及び映像化、コミック化、ゲーム化などの二次使用権はすべて小学館に帰属します。別途、規定の印税をお支払いいたします。○応募された方の個人情報は、本大賞以外の目的に利用することはありません。○応募された方には、原則として受領はがきを送付させていただきます。なお、何らかの事情で受領はがきが不要な場合は応募原稿に添付した一枚目の紙に朱書で『返信不要』とご明記いただけますようお願いいたします。○作品を複数応募する場合は、一作品ごとに別々の封筒に入れてご応募ください。